# 아말피의 여공女公

**지은이 존 웹스터** ( John Webster, 1578?~1632?)는 영국 르네상스 극문학의 후반을 점유하는 '재코비언 드라마'의 대표적 작가 중의 하나로, 작품 수는 적으나, 비극적 장엄미를 창출함에 있어 셰익스피어와 견줄 만한 기량을 보인 극시인으로 평가받고 있다. 그의 대표작인 〈백색의 악마〉와 〈아말피의 여공〉은 '센세이셔널리즘'으로 가득 찬 '유혈비극'의 전형이지만, 비극적 장엄미를 무대 위에 구현한 탁월한 작품들이다.

**옮긴이 이성일** (李誠一, Lee Sung-Il)은 연세대학교, 미국 캘리포니아대학교(데이비스 캠퍼스), 텍사스테크대학교에서 수학하였고, 1981년부터 28년간 연세대학교 교수로 재직하면서 셰익스피어, 영국 르네상스 극문학, 중세 영문학을 강의하였다. 한국시 영역에도 진력하여 4권의 한국시 영역선집을 미국에서 펴내었고, 고대영시 『베오울프』를 현대영어로 번역하여 미국에서 출간하였다.

아말피의 여공女公

**초판 인쇄** 2012년 11월 1일 **초판 발행** 2012년 11월 10일
**지은이** 존 웹스터 **옮긴이** 이성일 **펴낸이** 박성모 **펴낸곳** 소명출판 **출판등록** 제13-522호
**주소** 서울시 서초구 서초동 1621-18 란빌딩 1층
**전화** 02-585-7840 **팩스** 02-585-7848 **전자우편** somyong@korea.com **홈페이지** www.somyong.co.kr

값 13,500원

ISBN 978-89-5626-750-0 03840

잘못된 책은 바꾸어드립니다.

# THE TRAGEDY

## OF THE DVTCHESSE Of Malfy.

*As it was Preſented priuatly, at the Black-Friers; and publiquely at the Globe, By the* Kings Maieſties Seruants.

The perfect and exact Coppy, with diuerſe *things Printed, that the length of the Play would* not beare in the Preſentment.

VVritten by *John Webſter.*

Hora.—— *Si quid-----*
——*Candidus Imperti ſi non his vtere mecum.*

---

*LONDON:*

Printed by NICHOLAS OKES, for IOHN WATERSON, and are to be ſold at the ſigne of the Crowne, in *Paules* Church-yard, 1623.

1623년 첫 인쇄본의 표지. 미국 예일대학교 도서관 소장

가르침을 주신 선생님들을 기억하며

영국 르네상스 극문학선 01

# 아말피의 여공女公

*The Duchess of Malfi*

존 웹스터 지음 | 이성일 옮김

소명출판

# 영국 르네상스 극문학 번역에 임하며

영국 문학사를 통틀어 볼 때, 무대공연을 목표로 하는 창작활동이 가장 왕성하게 이루어진 것은 엘리자베스 1세(재위 1558~1603)와 제임스 1세(재위 1603~1625), 두 임금 치하의 시대였다. 이 시대에 쓰여진 극문학 작품들을 '엘리자베스 왕조의 극문학(Elizabethan Drama)'과 '제임스 왕조의 극문학(Jacobean Drama)', 이렇게 둘로 나누기도 하지만, 이런 시기적 구분은 실상 큰 의미가 없다. 편의상 정치적 배경을 문학사적인 구분에 차용한 것밖에는 그 둘 사이에 어떤 선을 긋는 것을 정당화할 특별한 이유가 없기 때문이다.

영국의 극문학사 전체를 통해 황금기라 불러도 좋을 이 시기에는 실로 많은 극작가들이 활동했고, 그중에는 셰익스피어가 극작가로서 원숙기에 이르기 전, 극복해야 할 경쟁상대로 여겼던 크리스토퍼 말로(Christopher Marlowe, 1564~1593)를 비롯하여 걸출한 극문학의 대가들이 포진하고 있었다. 셰익스피어가 〈햄릿〉를 쓰게 된 동기를 찾아 무대 공연 역사를 거슬러 올라가면, '복수'라는 명제를 작품의 중심에 놓고 극이 진행되다가, 종국에는 무대를 피로 물들이는 장면으로 끝나는 〈서반아 비극(*The Spanish Tragedy*)〉을 쓴 토머스 키드(Thomas Kyd, 1558~1594)가 있었다. 당시 런던 무대에 회오리바람을 일으켰던 말로나 키드 말고도, 셰익스피어를 비롯한 많은 극작가들을 배출한 시기였으므로, 엘리자베스 1세와 제임스 1세가 통치하던 이 시대는 가히 영국 극문학의 전성기라고 보아야 할 것이다.

영국 극문학에서 셰익스피어가 차지하는 비중이 워낙 크기 때문에, 동시대의 다른 극작가들에 대한 관심이 적은 것은 자연스러운 일인지 모른다. 그러나 이 시대의 극문학을 전체적으로 조감하려는 노력을 소홀히 한다면, 독자 또는 관객이 셰익스피어의 극문학을 제대로 평가하고 이해하는 데에 커다란 허점을 남기는 상황이 되고 말 것이다. 셰익스피어도 결국은 영국 르네상스 시대에 활약했던 많은 극작가들 중의 하나였을 뿐이다. 많은 봉우리들이 있었지만, 그중에 가장 우뚝 솟은 것이 셰익스피어였다. 그리고 그 최고봉의 장엄함을 다시금 확인하기 위해서라도 우리는 동시대의 다른 극작가들의 작품들을 읽을 필요가 있다.

셰익스피어의 작품들을 제외한 영국 르네상스 극문학은 우리나라 독자들에게 잘 소개되어 있지 않은 것이 사실이다. 심지어는 영문학 전공 대학원 과정에서마저 셰익스피어와 같은 시대에 활동했던 다른 극작가들의 작품들을 교과과정에 포함시키는 경우가 극히 드문 것은 실로 안타까운 노릇이다. 오랜 세월 교수 생활을 하며 셰익스피어 수업 못지않게 큰 즐거움을 갖도록 해 준 영국 르네상스 극문학 작품들을 선별하여 번역함으로써, 일반 독자들에게 영문학의 한 국면을 소개하는 데에 일조함은 물론, 영문학을 전공하는 후학들에게 조금이나마 도움을 줄 수 있었으면 하는 것이 나의 소망이다.

'영국 르네상스 극문학선'을 기획하고 출판하는 것에 선뜻 동의해 주신 소명출판의 박성모 사장님, 공홍 편집장님, 그리고 세심한 노력을 기울이며 편집에 임하고 있는 성영란 선생께 감사 드린다.

이성일

## 일러두기

1. 이 번역의 근간이 된 원전 텍스트는 C. F. Tucker Brooke와 Nathaniel Burton Paradise가 편집한 *English Drama, 1580~1642*(D. C. Heath, 1933)에 실려 있는 *The Duchess of Malfi*이다. 그리고 Louis B. Wright와 Virginia A. LaMar가 공편한 *The Tragedy of the Duchess of Malfi*(Folger Library Edition, 1959)도 수시로 참고하며 번역에 임하였다. 전자는 대학원 학생들을 위한 교재로 정평 있는 영국 르네상스 극문학 사화집이고, 후자는 일반 독자들을 위해 펴낸 단행본이다.

2. 이 번역이 일반 독자들을 염두에 둔 것이긴 하지만, 영문학을 공부하는 학생들이 원전을 읽어 나갈 때에 도움이 될 번역본을 제공하고 싶은 마음도 컸기 때문에, 가급적이면 원전에서의 행 구분을 좇아 번역에 임하려 노력하였다. 원전의 시행 전개가 번역에 반영되는 것을 목표 삼기는 하였으나, 두 언어가 갖는 속성의 차이로 인하여 행의 숫자가 반드시 일치하지는 않음을 독자는 이해할 것이라 믿는다. 작가 자신도 행 구분에는 신경을 쓰지 않았다. 지금 우리가 접하는 행 구분은 후세의 학자들이 운율의 흐름을 헤아려 가며 해 놓은 것이기 때문에 텍스트마다 조금씩 행 구분이 달라진다는 점을 감안하면, 정확한 행 숫자를 표기한다는 것 자체가 무리라는 사실도 동시에 밝히고자 한다.

목차

## 등장인물

퍼디난드 …………………… 칼라브리아 공작

추기경 ……………………… 퍼디난드의 아우

안토니오 볼로냐 ………… 아말피 여공의 집사

델리오 ……………………… 안토니오의 친구

다니엘 데 보솔라 ……… 여공의 말[馬] 관리 책임자

카스트루치오

페스카라 후작

말라테스테 백작

실비오 ……………………… 밀라노의 귀족

로더리고 …………………… 퍼디난드의 시종

그리솔란 …………………… 퍼디난드의 시종

의사

아말피의 여공 ………… 퍼디난드와 추기경의 누이

카리올라 …………………… 여공의 시녀

줄리아 ……………………… 카스트루치오의 아내, 추기경의 정부(情婦)

노파 …………………………… 여공의 몸종

세 명의 아이들 ………… 여공과 안토니오의 자식들

궁정근무자들, 시종들, 하인들, 순례자들, 광인들, 형리들 등

**장소** : 아말피, 로마, 로레토, 밀라노

아 말 피 의 여 공

# 1막

*The Duchess of Malfi*

# 1장 아말피. 여공의 궁전

[안토니오와 델리오 등장]

**델리오** 여보게, 안토니오, 고향으로 잘 돌아왔네.
자네 프랑스에 오래 머무른 탓인지
아주 깔끔한 프랑스인 차림으로 왔네그려.
그래, 프랑스의 궁정은 어떻던가?
**안토니오** 놀랍더군. 온 나라 국민의 기강을 세우는 데 있어
그곳의 어진 임금은 주변부터 깨끗이 하니,
아첨꾼들이며 방탕하고 소문 나쁜 자들을 왕궁에는
얼씬도 못하게 하는데, 자신의 궁정을 일컬어
주님이 심혈을 기울여 만드신 걸작이라 하더군.
제왕의 궁정이란 모름지기 수원지의 샘과 같아서
맑고 깨끗한 물이 그곳으로부터 유래하니,
행여 못된 독소가 물의 근원지 부근을 오염시키면
죽음과 병마가 온 나라에 퍼진다는 생각이지.
당대의 부패상을 조금도 거리낌 없이

제왕에게 이실직고하는 충실한 각료진 말고
그 무엇이 훌륭한 통치를 가능케 하겠는가?
제왕에게 무엇을 어떻게 하라고 간언하는 것을
주제넘은 처사라고 보는 축도 있으나,
제왕이 선견지명을 갖도록 보좌하는 것은
궁신이라면 느껴야 할 당연한 의무이지.
저기 불평쟁이 보솔라가 오는군.
저자가 주위 사람들을 노상 닦아세우는 건
무어 저자의 고매한 성품 탓은 아닐세.
실상 저자는 바로 자기가 갖고 싶은 것이
막상 자신에겐 주어지지 않으니까 투정하는 걸세.
기회만 주어진다면, 저자도 누구 못지않게
음란하고, 탐욕스럽고, 오만하고, 잔인할 테고,
시샘이 많은 자일세. 추기경도 오시는군.

[추기경과 보솔라 등장]

**보솔라** 제가 이렇게 추기경님을 따라 다니는군요.
**추기경** 글쎄 말야.
**보솔라** 제가 해 드린 일들을 생각하신다면
이렇게 못 본 체하실 수 있습니까? 일에 대한 대가가,
일을 했다는 그것으로 끝나 버리고 마는 세상이군요.

**추기경** 자네 공치사가 심하군.

**보솔라** 추기경님 심부름하다가 노예선을 타게 되었죠.
꼬박 이년 동안 옷 대신 수건 두 장 걸치고,
마치 로마인의 망토처럼 어깨에 매듭짓고 말입니다.
헌데 이 푸대접이라니!
내 한번 잘 되어 보리다.
검은 새는 험한 기후에 살찐다는데,
나라고 이 삼복더위에 못 되라는 법 있겠소?

**추기경** 좀 정직해 보게.

**보솔라** 추기경님의 성스러운 성품으로
제발 저를 정직한 놈으로 만들어 주시죠.
정직해지려고 여러 번 시도했지만,
번번이 본래 상태로 돌아오고 말았죠.
악당이 제 품성을 어찌 하겠습니까? [추기경 퇴장]
가 버리시나?
악마에게 홀리는 자들이 있다고 하지만,
이자는 오히려 악마를 덮쳐서
더 극악하게 만들 수도 있으렷다.

**안토니오** 당신 소청을 안 들어 주었나요?

**보솔라** 저자의 형제는 고여서 썩는 연못 위로
꾸부정하게 자라는 오얏나무 같다오.
보기에는 풍성하게 열매가 주렁주렁 달리지만,

그걸 먹는 건 까마귀, 까치, 송충이 뿐이지요.
내 만약 저자들에게 붙어먹는 뚜쟁이라도 된다면,
거머리처럼 귓바퀴에 달라붙어 실컷 빨아 먹다가
배부르면 나가떨어지겠소.
제발 나 혼자 있게 두시오.
행여 내일이면 빛을 볼까 하고 조바심치며
기다리는 것처럼 비참한 게 어디 있소?
탄탈루스처럼[1] 먹이를 기다리는 자는 비참한 거요.
사면을 기대했던 자야말로
가장 두려워하며 죽음을 맞는 거요.
매나 개가 주인을 충실히 섬기면 보상을 받지만,
전장에서 다리를 잃는 병졸에게 돌아오는 건
기하학적인 작대기뿐이라오.

**델리오** 기하학?

**보솔라** 그렇소. 작대기 두 개를 양 팔 밑에 끼고,
그네 타듯 앞뒤로 흔들거리며, 병원에서 병원으로
전전하는 신세 말이오. 자, 또 봅시다.
하지만 조소하진 마시오. 결국 궁정도 병원과 같은 곳—
병원 침대들이 머리와 발치가 잇대어 있듯,
궁정에선 한 녀석의 머리가 또 한 녀석의 발밑에 있고,

1 탄탈루스(Tantalus)는 신화에 나오는 인물로서, 그의 탐식에 대한 형벌로서 바로 눈앞에 놓인 음식을 보고도 손을 내밀면 멀어지기 때문에 먹지 못하는 고통을 겪는다.

그래서 주욱 잇대어 내려오지 않소? [퇴장]

**멜리오** 이자는 흉악한 살인을 저지르고,
칠 년간을 노예선에서 보냈다네. 헌데 사실인즉,
추기경께서 사주를 했다는 걸세.
프랑스의 가스통 드 foix 장군이
나폴리를 회복했을 때 풀려났다더군.

**안토니오** 저런 친구가 괄시를 받다니 안됐네.
소문인즉 꽤나 용감한 친구라더군.
이 못된 우울증이 저자의 좋은 점을
다 죽여 버릴 걸세. 과다한 수면이 인간의 영혼을
안으로부터 녹슬게 하는 게 사실이라면,
하는 일 없이 지내는 것이야말로
불평분자를 만들어 내기 십상이지.
안 입는 옷에 좀이 스는 것과 같은 이치지.

## 2장 같은 장소

[안토니오와 델리오 대화를 계속한다]

**델리오** 차츰 모여들기 시작하는군. 잊지 말게,
이 고귀하신 분들 중 몇 사람의 성품을
내게 이야기해 주겠다고 한 것 말일세.
**안토니오** 추기경과 지금 궁정에 모인 낯선 사람들 말인가?
그럼세. 자, 여기 칼라브라아 공께서 들어오시는군.

[퍼디난드, 실비오, 카스트루치오, 줄리아, 로더리고, 그리솔란 등장]

**퍼디난드** 누가 점수를 제일 많이 땄는가?
**실비오** 안토니오 볼로냐이옵니다, 각하.
**퍼디난드** 내 누이 여공(女公)의 집사장 말인가?
그자에게 보석을 상으로 주게나.
아, 언제나 이 장난을 그만두고
실제로 전쟁을 해 볼거나?

**카스트루치오** 각하, 소인의 생각으로는,
각하께서 몸소 전장에 나가셔서는
아니 될 것이옵니다.
**퍼디난드** 진정코 묻는데, 왜 그렇게 생각하오?
**카스트루치오** 무사가 자라 제왕이 되는 것은
바람직하오나, 제왕이 굳이 병졸을 거느리는
신분으로 격하될 필요 있사오리까?
**퍼디난드** 아니 된다고?
**카스트루치오** 아니 되옵니다, 각하.
누구를 대신 시키면 되지 않겠사오이까?
**퍼디난드** 그렇다면 자고 먹는 일도
누가 대신 해도 되겠네그려. 이야말로
역겹고 구중중한 일은 남이 대신 해 주는 것이 될 테고.
전쟁 같은 명예스런 일이야 남에게 내 줄 수 있겠는가?
**카스트루치오** 소인이 체험한 바를 믿으시옵소서.
통치자가 무사인 왕국은 평온할 수가 없소이다.
**퍼디난드** 일전에 그대 아내는 싸우는 걸
참지 못한다고 말했겠다?
**카스트루치오** 그렇습니다, 각하.
**퍼디난드** 헌데, 우연히 만난 장교를 장난삼아
만신창이로 만들었다고? 자세한 이야기는 잊었네만.
**카스트루치오** 각하, 제 여편네가 그자에게 이르기를,

하도 형편없는 자라, 아랍인들처럼
한 천막에 눕기도 어렵겠다고 했답니다.

**퍼디난드** 허, 이 도시의 내로라하는 의사들을
기죽게 만들 기지일세그려. 왜냐면,
한량들이 싸움이 붙어 무기를 뽑아, 그 짓을 할
준비가 되었더라도, 자네 부인의 설득으로
모두 무기를 거두게 했을 테니 말씀이야.[1]

**카스트루치오** 그야 그럴 수도 있었겠습지요, 각하.

**퍼디난드** 내 스페인 종마가 마음에 드는가?

**로더리고** 불길 같사옵니다.

**퍼디난드** 나도 플리니와[2] 같은 생각인데,
그놈의 말은 바람결에 태어나서,
마치 수은에[3] 절은 양 휘달린다는 걸세.

**실비오** 각하, 그러하오이다.
그 말은 마상시합에서 가끔 비틀거리지요.

**로더리고, 그리솔란** 하 하 하!

**퍼디난드** 왜 웃는가? 궁신인 자네들은
내 부지깽이라야지. 내가 불을 붙이면 불이 붙어야—
즉, 내가 웃으면 따라 웃고 해야지.

1 여기서 '무기'라는 말에는 다분히 성적인 암시가 담겨 있다.
2 플리니(Pliny)는 로마의 문필가로 그가 쓴 서간들로 유명하다.
3 매독으로 인해 피부에 생긴 흠집을 없애려 수은을 바른 적이 있었다.

궁신들의 머리가 잘 돌아서야……

**카스트루치오** 맞습니다, 각하. 저도 아주 우스운 농담을
들은 적이 있습니다만, 그걸 이해하는 척 하는 어리석음을
보이는 것을 마다한 적이 있습지요.

**퍼디난드** 나는 그대의 어릿광대가 하는 말에 웃을 수 있는데.

**카스트루치오** 그놈은 말은 제대로 못하고, 얼굴만 가지고 놉지요.
제 처는 그놈을 견딜 수가 없답니다.

**퍼디난드** 그래?

**카스트루치오** 뿐만 아니라 웃는 자리도 견딜 수 없답니다.
너무 많이 웃거나 너무 많은 사람들 사이에 있으면
얼굴에 주름이 많이 잡힌다나요?

**퍼디난드** 그렇다면 자네 처 얼굴에 맞는
기하학적 도구라도 만들어,
그 틀에 맞게 웃도록 하여야겠구먼.
조만간 밀라노로 자네를 찾아봄세, 실비오.

**실비오** 언제라도 오십시오.

**퍼디난드** 자네 말 한번 잘 타더구먼, 안토니오.
프랑스엔 말 잘 타는 사람들이 많지.
말 잘 타는 걸 어떻게 보나?

**안토니오** 그야 중요한 일입니다.
트로이를 멸망시킨 목마로부터
많은 군왕들이 나왔듯[4], 절륜한 기마술로부터

고결한 행위로 이어지는 결의가
그 첫 불똥을 튀기는 것 올습니다.

**퍼디난드** 자네 말 한번 잘 했네.

**실비오** 각하의 아우이신 추기경과 누이이신 여공께서 오십니다.

[추기경, 여공, 카리올라 등장]

**추기경** 노예선들은 도착했나?

**그리솔란** 그렇습니다, 성하(聖下).

**퍼디난드** 실비오 경이 작별을 고하러 왔네.

**델리오** 이보게, 약속했지? 저 추기경은 어떤 사람인가?
그의 성격 말일세. 활달한 사람이라고들 하데만.
정구 시합에서 오천 양을 걸고, 춤도 잘 추고,
여자들 유혹도 하고, 때로는 결투도 서슴지 않았다던데.

**안토니오** 그런 소문들이 장식처럼 떠돌기는 하지.
허나 저분의 내면을 살펴보면, 우울한 성직자이지.
얼굴에 봄기운이 폈다하면,

4 트로이가 멸망한 후, 트로이의 장군 아에네아스(Aeneas)는 카르타고로 망명하였다가, 그 곳의 여왕 디도(Dido)와 사랑에 빠졌다. 그러나 아에네아스는 멸망한 조국 트로이의 재건을 꿈꾸며 디도를 버리고 다시 방랑의 길에 올랐다. 아에네아스의 후손인 로물루스(Romulus) 형제는 로마의 시조가 되었고, 브루트(Brut)는 영국의 통치자가 되었다는 전설이 있다. 'Roma'와 'Britain'이라는 국명들은 각기 'Romulus'와 'Brut'에서 유래한 것으로 알려져 있다.

그건 곧 두꺼비가 튀어 나올 징조요,
누군가를 시기하게 되면, 헤라클레스에게 덮어 씌워진 것보다
더 한 계략을 들씌울 것이요. 왜냐면 추기경께서는
아첨꾼이며, 뚜쟁이, 밀고자, 무신론자, 그리고 그 밖의
수많은 정치적 괴물들을 깔아 놓기 때문이지.
교황이 되실 줄 알았는데. 허나 교회의 법도에 따라
그 자리에 오르는 대신, 뇌물을 엄청나게
후안무치하게 썼는데, 마치 하느님께서 그 짓거리를
보시지 못하실 것으로 생각했던 것 같아.
좋은 일을 좀 하긴 했는데—

**델리오** 추기경 얘기는 그 쯤 해 두고— 그의 형은 어때?

**안토니오** 저 공작 말인가? 뒤틀어지고 광폭하기 이를 데 없지.
즐거운 것처럼 보이는 건 거죽뿐이라네. 마음껏 웃을 땐,
정직이 무어 얼어 죽을 거냐 웃어제끼는 거라네.

**델리오** 둘이 똑같애?

**안토니오** 질적으로— 다른 사람 말 빌려 말하고,
누가 청원이라도 해 오면, 다른 사람 귀로 듣지.
겉으로는 조는 척 하는데, 그건 청원자 스스로 잘못한
대답의 덫에 걸리도록 하려는 거고.
들어온 정보에 근거해 사람들을 형장으로 보내고,
소문에 근거해 포상을 한다니까.

**델리오** 허면, 법이란 게 이자에겐, 거미한테 더럽고 시커먼

거미줄 같은 거로군. 법이란 걸 거처로 삼아, 자기를 먹여
살리는 자들을 가두어 버리는 감옥으로 만드니 말씀야.

**안토니오** 옳게 보았네.
빚이라고는 앙갚음 아닐 경우엔 갚아 본 적 없지—
단, 스스로 빚졌다고 인정하는 것은 제외코 말일세.
마지막으로, 그 아우인 저 추기경으로 말할라치면,
저자에게 아첨을 아끼지 않는 자들이 말하기를,
저자 하는 말은 다 신탁(神託)이라는데,
그 말이 맞는 것이, 악마가 그 입을 통해 말하거든.
허나, 이네들의 누이, 고매한 여공에 대해 말하자면,
같은 모습으로 깎아 놓은 세 개의 조상(彫像)치고,
그렇게 다른 성품을 보일 수는 없다는 것이야.
여공께서 말씀할 땐, 듣는 이를 황홀케 하니,
그분이 말씀을 마치면, 서운한 마음이 들기 시작하는데,
감탄의 염과 아울러, 듣는 사람에겐 고역일 거라고
지레 짐작하시는 대신, 말씀을 계속해도 괜찮은 걸
아셨으면 하는 마음 들지. 말씀할 땐, 다정한 눈길을
듣는 이에게 던지는데, 그 눈길은 운신 못하고 누워있던 자
벌떡 일어나 경쾌한 춤사위에 뛰놀게 하고,
그 아름다운 용모에 흠뻑 빠지도록 하지만,
그 모습에는 범접 못할 정숙함이 배어 있어서,
보는 사람에게 욕정 어린 헛된 망상이란 들지도 못하게 한다네.

밝은 낮은 고결한 덕성을 쌓으며 보내니, 당연히 밤은, 아니,
잠자는 시간조차도, 다른 여인네들 고해성사 할 때보다
더한 천상의 축복 누린다네. 우아한 자태의 여인들은
기쁨 주는 거울일랑 깨 버리고, 여공님 모습으로 차리는 게 나을 걸세.

**델리오** 그만, 안토니오— 여공님 찬사 장황히 늘어놓는 게 끝이 없잖아.

**안토니오** 여공님 초상화는 그 정도에서 틀을 하지.
그분의 덕목들 다 모으면 이런 총화(總和)에 이른다네—
'지나간 시간을 무색케 하고, 다가올 시간을 밝혀 준다.'

**추기경** 반 시간 뒤에 화랑에서 여공 앞에 대령하게나.

**안토니오** 그러겠습니다.

[안토니오와 델리오 퇴장]

**퍼디난드** 누이, 청이 하나 있는데.

**여공** 제게요, 오라버니?

**퍼디난드** 다니엘 데 보솔라라는 친구가 있는데,
배에서 노 젓는 일도 해 본 사람이지—

**여공** 네, 알아요.

**퍼디난드** 괜찮은 친구야. 제발, 내 부탁인데,
누이의 마사(馬舍) 관리 자리라도 주어.

**여공** 오라버님이 잘 아시는 사람이니 믿고 쓸 마음이 드네요.

**퍼디난드** 그 친구 이리 오라 해. [시종 퇴장]

이제 작별할 때가 되었군. 여보시오, 실비오 경,
진영에 머무르는 고귀한 내 벗들에게 안부 말씀 전해 주오.

**실비오** 그러겠습니다, 각하.

**여공** 밀라노로 가시나요?

**실비오** 예.

**여공** 마차들을 대령해요. 포구까지 전송해 드릴게요.

[퍼디난드와 추기경만 남고 모두 퇴장]

**추기경** 저 보솔라라는 자를 반드시 고용해서, 정보 수집에 이용토록 해요.
내가 관여한 걸 눈치 채지 않았으면 하는데—
그래서, 오늘 아침, 그자가 출셋길 열어 달라고 조를 때,
여러 차례나 짐짓 냉대했던 거예요.

**퍼디난드** 누이의 집안 일 총책임자인 안토니오가 훨씬 적격일 듯한데.

**추기경** 잘못 본 거예요. 그런 일을 맡기기엔 그자 성품이 너무 정직해요.
여기 오는군. 난 자리를 비켜 드릴게요. [퇴장]

[보솔라 다시 등장]

**보솔라** 부르셔서 왔습니다.

**퍼디난드** 좀 전에 자리를 뜬 내 아우 추기경은 자네를 견딜 수 없어 하네.

**보솔라** 저한테 빚을 지신 다음엔 늘 그랬지요.

**퍼디난드** 아마 자네 얼굴에 나타난 무언가 삐뚤어진 심사가
자넬 미덥잖게 여기게 했는지 모르지.
**보솔라** 인상학도 연구하시나요? 얼굴이 사람 평가하는 데 믿을 만한
척도가 못되기는 병든 사람의 오줌이나 마찬가지인 것이,
의사를 속이는 오줌을 놓고 의사의 갈보라고 하는 사람들도 있지요.
추기경께서는 저를 잘못 보신 겁니다.
**퍼디난드** 그 점에 대해서는 신분 높은 사람들이
시간을 두고 관찰할 여유 있어야 돼.
애시당초 믿지 않으면 속는 일도 없는 법이니까.
잘 알다시피, 삼나무가 자주 흔들거리기 때문에
그 뿌리가 더욱 든든한 걸세.
**보솔라** 하지만, 조심하세요. 근거 없이 친구를 의심하는 것은,
곧바로 그 친구가 당신을 의심하도록 가르치게 되고,
그자가 당신을 속이도록 충동질 하니까요.
**퍼디난드** [돈을 건넨다] 금화일세.
**보솔라** 허면, 다음엔 뭐지요? 이처럼 소나기가 쏟아져 내릴 때는
그 뒤에 천둥 번개가 반드시 따르는 법이니까요. 누구 목을 따리까?
**퍼디난드** 피 보기 좋아하는 자네의 성향은, 내가 원하지도 않는 걸
앞질러 짐작케 하는군. 내가 자네에게 돈을 준 건,
여기 궁정에 머무르면서 여공을 지켜보도록 하기 위함이야.
여공이 어떻게 처신하는지 상세히 살피고, 누가 여공에게
청혼을 해 오는지― 그리고 여공이 누구를 제일 선호하는지―

젊은 과부야— 내 누이가 재혼하는 걸 난 원치 않아.

**보솔라** 않으신다고요?

**퍼디난드** 이유는 묻지 말고, 내가 그걸 원치 않는다고
말한 대로, 알고만 있어.

**보솔라** 각하께서 저를 각하의 악귀들 중 하나로 만드시려는 듯합니다.

**퍼디난드** 악귀? 무슨 뜻인가?

**보솔라** 그거야 육신을 가진, 영특하지만 눈에는 안 띄는 악마—
정탐원 말씀입죠.

**퍼디난드** 바로 그런 유의 번듯한 자 되기를 내가 자네에게 바라는 걸세.
허고, 그 일 함으로써 오래잖아 자네 신분도 상승할 거야.

**보솔라** 천사장 미카엘이 새겨졌기에, 지옥이 천사라고 부를
이 악마 같은 금화 도로 받으슈. 이 저주받을 선물은,
각하와 소생을 각기 매수인, 염치없는 배신자로 만들 테니까요.
허고, 제가 이 돈 받으면, 그건 지옥행 승차권이 될 거요.

**퍼디난드** 이봐 난 한번 준 건 안 돌려받아. 오늘 아침 내가
자네를 생각해서 마련해 놓은 자리가 하나 있는데,
마사(馬舍) 책임자 자리야. 들어 본 적 있나?

**보솔라** 아뇨.

**퍼디난드** 자네 것이야. 고맙단 생각 안 드나?

**보솔라** 각하께 차라리 자신을 저주하셨으면 해요.
후의란 게 사람들 심성을 드높이는 게 보통 있는 일이지만,
이 경우엔 저를 악당으로 만드니까요. 아, 각하께서

제게 베푸신 은혜로움을 배은망덕으로 갚지 않으려면,
사람이 생각해 낼 수 있는 온갖 악행을 저질러야 한다니!
악마는 이처럼 모든 죄행을 단 맛으로 덧칠해 가지고,
하늘이 보기엔 사악한 것들일지라도, 은혜로운 거라고 부릅디다.

**퍼디난드** 자네 본성대로 처신하면 돼.
자네가 오래 지녀 온 침울함을 지켜. 그렇게 하면,
자네가 다다를 수 없는 신분 높은 사람들을 시기하면서
그네들을 가까이하려 애쓰지 않는 것으로 보일 테니까.
그러면 사저(私邸) 깊이 접근할 수도 있을 테고— 거기서
자네가 직접— 교활한 쥐새끼처럼—

**보솔라** 제가 본 적 있는데, 반 쯤 잠들어 아무 이야기도
듣지 않는 것처럼 보이면서, 주인 접시에서 음식 주워 먹지요.
헌데, 이 못된 것들이 꿈속에선 주인 목을 땄다니까요.
제 지위가 무엇이죠? 마사(馬舍) 책임자라고요? 그렇다면
제가 맡은 썩은 일은 말똥에서 유래한 거군요. 시키는 대로 하지요.

**퍼디난드** 가 봐! [퇴장]

**보솔라** 좋은 놈들이나 좋은 일 해서 좋은 명성 탐하라 하지.
일자리와 수입이 치욕을 보상하는 뇌물이니까—
이따금 악마도 설교를 한단 말씀이야. [퇴장]

## 3장 같은 장소

[퍼디난드, 여공, 추기경, 카리올라 등장]

**추기경** 우리는 그만 떠나야 하는데, 누이의 분별심이
이제 처신 잘 하도록 인도하길 바래.
**퍼디난드** 너는 과부야. 남자가 어떤 건지 이미 알고 있어.
그렇기 때문에, 젊음, 높은 지위, 달변, 이런 것들이—
**추기경** 그래요, 작위나 명예가 따르지 않는 그 무엇도
누이의 열정을 움직여선 안 돼요.
**퍼디난드** 그렇지! 음탕한 여자들이나 두 번 결혼하는 법이지.
**추기경** 끔찍해!
**퍼디난드** 그년들의 간덩이는 점박이 양들보다 병들었거든.
**여공** 사람들 말로는, 보석상 손 많이 거친 금강석이 값 많이 나간다던데.
**퍼디난드** 그대로라면, 갈보들이 최상품이군.
**여공** 내 말 들을래요? 난 재혼하지 않을 거예요.
**추기경** 과부들 다 그렇게 말하지. 그러나 보통은 그 결의란 것이,
모래시계 한 번 뒤집을 시간 지나면 끝나고 말아.

장례식 설교와 그 결심은 함께 끝난다니까.

**퍼디난드** 자, 내 말 들어 봐. 너는 여기 혼탁한 풀밭에 살고 있어—
궁정 말이야. 진디가 남긴 치명적인 꿀물이 발라져 있거든.
그게 네 평판을 더럽게 만들 테니, 조심해. 잔꾀 부리지 마.
가슴 속에 들어 있는 걸 얼굴에 드러내지 않는 것들은
스무 살이 되기 전에 마녀들이고— 그렇지, 악마에게 젖을 물려.

**여공** 끔찍한 충언이군요.

**퍼디난드** 위선이란 건 아주 가늘고 여린 실로 짜였는데,
오쟁이진 불칸의 그물보다도 섬세해.[1] 하지만, 알아 둬—
네 은밀하기 짝이 없는 행위, 아니, 깊이 감춰진 생각도,
밝혀지게 돼 있어.

**추기경** 스스로에게 도취해 가지고 임의로 결정 내릴 수도 있어—
밤의 추녀 밑에서 비밀리에 결혼을 한다든지—

**퍼디난드** 네가 가장 잘 택한 인생 항로라고 생각한다든지—
제 방식대로 가기 때문에, 뒤로 가면서도 옳게 간다고 생각하는,
제멋대로 기는 게처럼— 허나, 조심해, 그따위 결혼이란 건
정확히 말하자면, 올리는 게 아니라 저지르는 거야.

**추기경** 그런 결혼 초야는 감옥으로 들어가는 순간이지.

**퍼디난드** 허고, 그 즐거움, 그 음탕한 쾌락은,
인간이 못된 짓 하기 전에 갖는 곤한 잠 같은 것이야.

1 비너스(Venus)는 대장간의 신 불칸(Vulcan)의 아내인데, 군신 마르스(Mars)와 정을 통했다. 통정의 현장에 나타난 불칸은 그가 만든 그물을 펴 던져 통정하고 있는 둘을 함께 잡았다.

**추기경** 잘 있어요. 슬기란 결과를 가늠해 보는 데에서 시작해요.
기억해 두어요. [퇴장]

**여공** 둘이 주고받아 넘기는 말 준비한 것 같아요.
그처럼 멋들어지게 이어지다니—

**퍼디난드** 넌 내 누이야. 이 비수는 아버님의 것이었지— 보여?
아버님이 지니셨던 것이라, 녹슬어 보이는 건 싫어.
이 돈 많이 드는 홍청망청 잔치들 그만두었으면 해.
눈언저리 가리개며 가면은 은밀한 대화에 좋긴 하지만,
좋은 목적으로 만들어진 건 아니야. 잘 있어. 그리고
뱀장어처럼, 그 속에 뼈가 없는, 그 부분을 여자들은 좋아하지.

**여공** 망칙한 말씀을!

**퍼디난드** 오해 말어— 내 말은 혓바닥 말이야.
온갖 재주 부리며 환심 사는—
미끈하게 생긴 녀석이 그럴듯한 너스레를 떨어
여자 하나 후리지 못할 것 같아? 잘 있어, 혈기 넘치는 과부. [퇴장]

**여공** 이런다고 내 맘 달라질 것 같아? 설령 내 친족들이 온통
이 결혼 향해 나 가려는 길 막아서는 한 있더라도, 난 그들을
발판으로 삼을 거야. 그리고 바로 지금도, 이처럼 반대가 커도,
—병정들이 이렇게 말하는 걸 들은 적 있는데—
큰 전투를 치루는 자들이, 위험을 감지함으로써,
거의 불가능한 전과를 거두듯, 나도 두려움과 위협을 헤쳐 나가며,
이 위험한 모험 감행할 거야. 내가 눈을 감고 남편을 골랐다고

늙은 아낙들 수군거려도 좋아. 카리올라, 넌 비밀 지킬 줄 아니까, 내 목숨 보다 더한 것— 내 명성을 네게 맡긴다.

**카리올라** 둘 다 안심하셔도 돼요. 독약 거래를 생업으로 하는 자들이, 제 자식들에겐 그 독약이 갈 수 없도록 하듯, 저는 이 비밀이 세상에 안 알려지도록 할 테니까요.

**여공** 네 맹세는 진심에서 우러나고 진솔한 것이지. 난 믿어. 안토니오는 왔어?

**카리올라** 기다리고 있어요.

**여공** 착한 것— 이 자리는 피하고, 휘장 뒤에 몸을 숨기고 나서, 우리 둘 나누는 말 엿듣도록 해. 나를 위해 기도해 주어. 왜냐면 난 가야할 길도, 나를 인도할 이정표도 없는 황야로 들어가려는 참이기 때문이야.

[카리올라 휘장 뒤로 숨는다. 안토니오 등장]

내가 오라고 불렀어. 앉아. 필기도구 준비하고, 써. 준비 됐어?

**안토니오** 예.

**여공** 내가 뭐라고 했지?

**안토니오** 저보고 받아 적으라셨습니다.

**여공** 아, 그랬었지. 이 성대한 연회와 막대한 지출이 있은 후인지라, 검약으로 살림 꾸리는 사람들답게, 내일 위한 준비가 어떤 상태인지 살펴보아야 할 것 같아.

**안토니오** 아리따우신 여공님 뜻대로 하시지요.

**여공** 아리따운? 정말 고마워. 나 그대를 위해 젊게 보이는 거야.
내 걱정거리를 그대가 떠맡았잖아.

**안토니오** 세수(稅收)와 지출의 상세한 기록을 보실 수 있도록 가져오겠습니다.

**여공** 그대는 올곧은 재무관리인이야. 하지만, 그대는
내 말 잘못 알아들었어. 내일 위한 준비가 어떤 상태인지
살펴보아야겠다고 말했을 때, 내 말의 뜻은
저곳에서 무엇이 나를 기다릴까였어.

**안토니오** 저곳이라뇨?

**여공** 하늘나라 말야. 나 유언장을 작성 중인데— 통치자라면,
기억이 확실할 때 그래야 하는 거니까. 제발 말해 줘.
이렇게 웃는 얼굴로 유언장 준비하는 게 낫잖을까?
깊은 신음 내며 끔찍하게 초췌한 몰골로 하는 것보다—
마치 물려주어야 할 재물이 그런 격심한 마음의 혼란을
불러 오기나 한 것처럼 말야.

**안토니오** 낫고말고요.

**여공** 내게 지금 남편이 있다면, 이런 걱정 안 해도 되는데.
하지만 나 그대를 후견인 삼을래.
제일 먼저 기억해야 될 보람 있는 일이 무얼까? 말해 봐.

**안토니오** 인간이 창조되고 나서 이 세상에서 제일 먼저 일어난
그 좋은 일부터 시작하세요— 혼배성사 말씀입니다.
좋은 남편 생각을 제일 먼저 하셨으면 합니다.

그분에게 모두 주세요.

**여공** 모두를?

**안토니오** 네, 전하 자신을요.

**여공** 보자기에 싸서?

**안토니오** 겹으로요.

**여공** 성녀 위니프레드에 걸어 말이지만,[2] 그건 이상한 유언이야.

**안토니오** 전하께서 재혼하실 뜻이 없으시다면, 그게 더 이상하지요.

**여공** 결혼이란 걸 어떻게 생각해?

**안토니오** 연옥(煉獄)이란 없다고 생각하는 사람들처럼요.
결혼이란 그 속에 천국 아니면 지옥을 담고 있는 것이지,
그 밖의 다른 건 없지요.

**여공** 거기 대해선 어찌 느끼누?

**안토니오** 독신이라, 암울한 쪽으로 기우는 진 모르지만,
가끔 이렇게 생각하지요—

**여공** 그래, 말해 봐.

**안토니오** 한 남자가 결혼을 아니 해서, 자식이 없다 치고,
잃는 것이 과연 무얼까요? 애비라는 별 볼 일 없는 호칭,
아니면 조그만 재롱둥이가 색칠한 막대 잡고
흔들 목마 타는 걸 보는 하잘것없는 기쁨,
아니면 찌르레기처럼 재깔대는 걸 듣는 것밖엔—

2 위니프레드(Winifred)는 웨일즈의 성녀(聖女)인데, 순결을 지키려 구혼자의 소청을 거부하다가 그에 의해 살해되었다.

**여공** 저런, 저런, 왜 그래? 눈 한 쪽이 발개졌잖아. 내 반지를 가져다 대 보아. 사람들 말로는 특효가 있대. 이건 내 결혼반지인데, 내 두 번째 남편 말고는, 이 반지를 누구한테도 벗어 주지 않기로 맹세했어.

**안토니오** 벌써 빼셨는데요.

**여공** 그래, 그대 더 잘 보라고—

**안토니오** 제 눈 멀게 하셨는데요.

**여공** 어떻게?

**안토니오** 주제넘고 야심 찬 악마 한 놈이 이 동그라미 속에서 춤을 춥니다.

**여공** 없애 버려.

**안토니오** 어떻게요?

**여공** 퇴마식(退魔式) 따로 할 필요 없어— 그대 손가락이 할 수 있으니까— 이렇게— 꼭 맞지?

[안토니오의 손가락에 반지 끼운다. 안토니오 무릎 꿇는다]

**안토니오** 무어라 하셨습니까?

**여공** 여보, 너무 그렇게 낮은 지붕 아래로 기어들지 말아요. 그걸 내가 높이지 않으면, 난 거기 바로 설 수도 없고, 말도 못하겠으니— 일어나요, 아니면, 그대가 원한다면, 내가 도와줄까? 자. [안토니오를 일으켜 세운다]

**안토니오** 전하, 야심이란, 옥조이는 사슬과 밀폐된 골방 아니라,

환히 밝힌 저택에 거처하면서, 말 많은 방문객들의 시끌덤벙한
소란에 둘러싸인 지체 높은 분에게나 어울리는 광기라서,
도저히 치유가 불가능한 거지요. 전하의 의중이 무엇인지
짐작 못할 정도로 제가 아둔타고는 생각지 마십시오. 하지만,
춥다고 활활 타는 불 속에 두 손 녹이려 넣는 자는 바보지요.

**여공** 자, 첫 삽이 땅 파길 시작했으니, 얼마나 값진 광산을
나 그대 것으로 만들어 주려는지 알게 될 거예요.

**안토니오** 아, 저처럼 하찮은 것에게!

**여공** 그대는 자기를 내세울 줄을 몰라. 이렇게 그대의 진가를
감추는 건, 도시에서 상인들이 하는 짓과 다른 것이, 그들이
어두운 데에 물품 놓는 건 좋지 않은 걸 팔아 버리기 위함이야.
그래서 말인데, 완벽한 남자가 어디 있는지 알고 싶으면,
—이건 아첨 아니야— 그대 눈길 돌려서 바로 자신을 찬찬히 보아.

**안토니오** 천국이나 지옥이 없더라도, 저는 정직해야죠.
오랜 세월 미덕을 섬겼습니다만, 보상을 바란 적은 없습니다.

**여공** 이제 받을 차례야. 지체 높게 태어난 우리들의 고통이라니!
아무도 감히 우리에게 구애를 안 하니, 우리가 구애를 할 밖에—
그리고 군왕이 말을 애매모호하고 아리송하게 해 두려움 주듯,
우리 또한 우리들의 격렬한 정염을 표현하기 위해
수수께끼 같은 말과 꿈을 빌려 들려주고, 있는 그대로를 보여주는
진솔함이 따르는 길을 벗어날 수밖에 없어. 자, 가서 자랑이나 해.
나를 실심(失心)토록 했다고— 내 심장 그대 가슴 안에 있어.

거기서 사랑을 키웠으면 해. 당신 떨고 있구먼.
그대 심장이 날 사랑하기보단 두려움에 젖는
그런 매가리없는 살덩이 되지 않게 해. 여보, 자신을 가져.
무엇이 당신 마음을 흩뜨리는 거야? 내 몸은 살과 피라오.
내 몸은 죽은 남편의 무덤 앞에 무릎 꿇고 있는
설화석고로 빚은 조상(彫像)이 아니라오. 깨어요, 깨어나요, 당신!
나 지금 그 모든 헛된 체면치레 벗어 던지고,
그대를 새 남편으로 맞고 싶어 하는 한 젊은 과부로
그대 앞에 있어요. 그리고 과부답게, 난 얼굴을 반만 붉혀요.

**안토니오** 진심으로 말씀 드리온데, 전하의 명예를
티 없이 지켜줄 변함없는 성소로 남겠습니다.

**여공** 고마워요, 사랑하는 그대. 그리고 내 집사장이기에,
마음의 빚을 지고 내게 오지 않도록, 여기 그대의 입술에
빚 탕감하는 인장을 찍어요. 이걸 그대가 애걸했어야 하는 건데.
애들이 사탕과자 먹을 때, 너무 빨리 먹을까 보아
걱정하며 이렇게 조심스레 먹는 걸 가끔 보았다오.

**안토니오** 오라버니들은?

**여공** 그 사람들은 생각지 말아요. 이 방 밖에서 일어나는
모든 아웅다웅은 측은하게 볼 일이지 두려울 게 못돼요.
설령 알려지더라도, 시간이 흐르면 폭풍을 흩뜨려 버릴 거예요.

**안토니오** 제가 드려야 할 말씀입니다. 그리고 여태 하신 말씀
모두가요— 비록 어느 부분이 마음에 드시지 않을 수는 있겠지만요.

**여공** 무릎 꿇어요.

[휘장 뒤로 부터 카리올라 나온다]

**안토니오** 하!

**여공** 놀라지 말아요. 이 여자는 내 자문인 셈인데,
같은 방에 있는 두 사람이 말로써 결합의 합의에 이르면,
합법적 결혼이라고 법 전문가들이 말하는 걸 들었어요.

[여공과 안토니오 무릎 꿇는다]

하늘이시여, 이 성스런 맺음을 축복 하소서—
그 어떤 폭거도 결코 그 매듭을 풀지 못하도록—

**안토니오** 그리고 우리의 달콤한 사랑이, 천체들처럼,
그 운행을 멈추지 않도록!

**여공** 생명 불어 넣으며— 또 천체의 음악과 같은 음조를 지속시키소서!

**안토니오** 그리하여 갈라져서는 열매 맺은 적 없는
평화로운 결혼의 상징인 서로 꼭 맞는 손바닥처럼 살아가기를!

**여공** 교회가 더 요구할 수 있는 게 무어람?

**안토니오** 기쁨이든 슬픔이든, 우리의 한결같은 소망을
저해할 그 어떤 일도, 운명이 알지 못하기를!

**여공** 어떻게 교회가 우리를 더 결속 시킨담?

우린 이제 부부이고, 교회가 할 일이란, 이걸
되울림할 뿐인 게야. 시녀는 물러 서. 난 이제 눈멀었어.

**안토니오** 무얼 하시려는 겁니까?

**여공** 난 그대가 그대 운명을 손잡고 이끌어
그대의 결혼 침상으로 이끌어 갔으면 해.
우린 이제 하나니까, 나 하는 말 당신 말이나 마찬가지야.
우린 그냥 누워서, 이야기나 나누고, 내 성깔 있는
오라비들 달랠 방도나 연구하지. 당신이 원하면,
〈알렉산더와 로도위크〉에 나오는 옛 이야기에서처럼,[3]
우리 둘 사이에 날 선 칼 놓아두고, 정절을 지켜도 좋아.
아, 내 붉어지는 얼굴 그대 가슴에 묻도록 해 주어.
그대 가슴이 내 모든 비밀 담고 있는 보고(寶庫)이니—

[여공과 안토니오 퇴장]

**카리올라** 이 분을 움직이는 것이 통치자의 비범한 기상인지
아니면 한 여자의 열정인지 알 수가 없어. 하지만 분명한 건,
보는 사람 무섭게 하는 광기야. 불쌍하단 생각도 들어. [퇴장]

3 중세의 로만스에 근거한 발라드에 담긴 이야기. 용모가 똑 같은 절친한 친구 관계인 두 사람 중 하나가 다른 사람의 아내와 잠자리를 함께 했는데, 순결을 지키기 위해 날 선 칼을 빼어 사이에 놓고 잤다는 이야기를 담고 있다.

아 말 피 의 여 공

# 2막

*The Duchess of Malfi*

## 1장 아말피의 궁전

[보솔라와 카스트루치오 등장]

**보솔라** 탁월한 궁신으로 인정받고 싶다는 말씀이신가요?
**카스트루치오** 그게 내 야망의 골자일세.
**보솔라** 봅시다. 그에 합당한 풍모를 이미 갖추신 편이고,
공께서 쓰고 계신 두건모 밖으로 두 귀가 넉넉히
삐져나왔군요. 목둘레 여미는 끈을 우아하게 매듭짓는 걸
배우시는 게 좋을 것 같고, 판에 박은 연설 하실 땐,
문장 하나 끝날 때마다 서너 번 헛기침을 하든가,
아니면 기억이 되살아나 문장이 연결될 때까지
코를 푸는 걸 익히세요.
범죄 행위를 논죄하는 입장이 되시거든,
죄수에게 은근한 웃음을 지으시며 사형을 언도하고,
찡그린 얼굴로 험악하게 위협하면서
형장으로는 가지 않도록 확실히 하세요.
**카스트루치오** 아주 멋들어진 판관이 되겠구먼.

**보솔라** 저녁은 드시지 마시고요. 그래야 머리가 명석해집니다.

**카스트루치오** 그렇게 하다간 내가 싸움질이나 좋아하는
성깔 갖게 될 텐데. 내가 듣기로는 싸움패걸이들은
제대로 먹지도 못하는 것들이고— 그래서 그것들이
물불 안 가리게 됐다는 거야. 그건 그렇고,
사람들이 나를 탁월한 판관이라고 생각하는지
어떻게 알아낸단 말인가?

**보솔라** 그걸 아는 방법을 알려 드리죠.
돌아가시게 됐다는 소문을 퍼뜨리세요.
사람들이 공을 저주하는 게 들려오면, 그게 바로
공께서 유수의 판관이라는 걸 입증하는 거니까요.

[노파 등장]

도색(塗色) 끝내고 오슈?

**노파** 무얼 끝냈다구?

**보솔라** 그 더러운 얼굴 매만지기 말요.
얼굴에 무얼 처바르지 않은 걸 보기란 기적에 가까운 노릇이지.
지난 번 왕실 행차 여파로 여기 푹 파인 쭈그렁 주름과
지저분하게 벗겨진 허물이 당신 얼굴에 남아 있잖아.
프랑스 귀부인 하나가 매독에 걸렸는데,
얼굴을 매끈하게 보이게 하려고 껍질을 벗겨냈다오.

헌데, 여태까진 육두구(肉荳蔲) 강판 같던 얼굴이
덜 떨어진 고슴도치 꼴이 됐단 말요.

**노파** 그걸 '도색(塗色)'이라고 부르는 거야?

**보솔라** 아니, 아니지. 다시 항해길로 나설 수 있도록
더께 낀 배 거죽을 긁어내는 것처럼, 여자를 손질하는 거지.
여자라는 반죽에 본을 뜨는 주형(鑄型) 쯤으로 보면 될 거요.

**노파** 내 내실을 훤히 알고 있는 것 같구려.

**보솔라** 마녀 소굴이 아닌가 여겨질 듯도 하지.
그 안은 뱀의 기름이며, 알, 유대 놈들의 타액,
그리고 그것들 새끼들의 똥으로 차 있거든.
헌데, 이게 다 상판대기 가꾸기 위함이지.
살 빼려 단식하는 여자 입맞춤하기 보다는,
차라리 역병 걸린 사람 발바닥에 붙은
죽은 비둘기 고기를 떼어 먹겠소.[1]
여기 있는 당신들 둘 다, 젊어 보려고
의사 지갑이나 부풀렸지.
봄이면 새 마구(馬具) 장만하고,
가을 되면 비싼 계집 새로 얻도록 말야.
스스로 생각해도 끔찍하지 않은지 모르겠어.
자, 내 이 말 좀 들어보소.

1 단식을 하면 숨결에 악취가 풍긴다는 속설이 있었고, 흑사병에 걸린 사람들의 발바닥에 갓 죽인 비둘기 고기를 붙였다 한다.

겉으로 드러난 인간의 모습이 좋을 게 무엇 있소?
어쩌다가 망아지나, 양, 새끼 사슴, 아니면 염소 한 마리가
사람 형상 엇비슷한 모습으로 태어나면,
그걸 불길하고 끔찍하다 여기며 도망치지요.
인간이란 게, 인간 아닌 다른 동물이 제 못생긴
꼬락서니를 보이면, 아연실색한다니깐요.
헌데 우리 육신을 볼라치면, 짐승들로부터 따 온
—이를테면 '늑대 부스럼'이니, '돼지 홍역'이니 하는—[2]
병명의 온갖 질병들을 가지고 있으면서—
또 이와 벌레에게 뜯어 먹힐 뿐 아니라,
썩어서 죽은 거나 다름없는 육신을
쉴 새 없이 거들먹거리며 움직이는데,
그 몸뚱이를 값 비싼 천에 감춘단 말씀야.
우리를 무서움, 아니 공포로 몰아넣는 건,
행여나 의사가 우릴 땅 속에 밀어 넣어,
맛 좋은—
[카스트루치오에게] 당신 여편네는 로마로 갔으니,
당신들 둘은 루카 온천장에나 가서
병 나을 궁리나 하소.[3] 난 따로 챙겨야 할 일이 있어요.

2 '늑대 부스럼'은 루푸스(*lupus*, 즉 늑대)라고 불리는 궤양성 피부병. '돼지 홍역(swinish measle)'은 홍역의 일종.

3 루카(Lucca)는 아말피의 몬테카티니(Montecatini)에 있는 온천으로, 그 물이 피부병 치유에 효험이 있다고 전해진다.

[카스트루치오와 노파 퇴장]

근자에 여공께서 속앓이를 하는 것 같아.
토악질을 하니, 위가 안 좋은 것 같고—
눈꺼풀이 꼭 임신한 여자처럼 푸르죽죽하고,
얼굴은 핼쓱해지는데, 허리께는 퉁퉁해지거든.
허고, 이탈리아의 유행과는 정 반대로
헐렁한 겉옷을 걸친단 말야. 무언가가 있어.
그게 무언지 알아낼 묘수가 있는데,
아주 절묘한 거지. 살구를 몇 알 샀는데—
새 봄에 처음 딴 것이렷다.

[안토니오와 델리오 이야기 나누며 등장]

**델리오** 혼인한지가 그리 오래 됐어? 놀랐네.
**안토니오** 절대 비밀로 해 주어. 자네로부터 이 말이
새어 나오기 위해 공기가 필요한 게 사실이라면,
난 자네가 아예 숨도 쉬지 않았으면 하네.
[보솔라에게] 또 생각에 잠기셨는가?
대단한 현자라도 되려 일심으로 정진하는 게요?
**보솔라** 이보소. 슬기롭다는 평판이 한번 나면,
그건 온 몸에 번져가는 부스럼과 같은 거요.

사람이 멍청하면 악행을 저지를 수도 없어서,
결국은 무탈하지요. 극에 달한 우행은
교묘한 책략 부리려 할 때 저질러지는 법.
허니, 그저 우직한 채로 있는 게 상수요.

**안토니오** 무슨 속내인지 알 것 같소이다.

**보솔라** 그래요?

**안토니오** 출세 좀 했다고 의기양양해 하는 것처럼
세상 사람들에게 보이지 않으려고, 이 한물 간
우울한 척 하는 티를 내는 거요. 그만 둬요, 그만 둬.

**보솔라** 내가 하는 말 한마디, 인사치레 하나도
거짓이 아니오. 당신한테 고백하리까? 난 내가
다다를 수 있는 데보다 위는 쳐다보지 않는다오.
날개 달린 말을 타는 건 신(神)들일 뿐이요
법률가가 타는 걸음 느린 노새가
내 기질과 푼수에 걸맞다오. 왠고하니 — 잘 들으쇼 —
사람 생각이 말보다 빨리 달려 나가면,
둘 다 쉽게 지치는 법이기 때문이요.

**안토니오** 당신은 하늘을 쳐다보고자 하나, 내 생각키에
허공을 맴도는 악마가 당신을 가로막고 있소.

**보솔라** 아, 그대야말로 승승장구 기세가 올라가는 분이지.
여공의 오른팔이시니 — 공작도 당신 사촌뻘이 되는 셈이지.
가령 당신이 폐핀 왕의 혈통이거나, 아니면

바로 페핀이라 칩시다.[4] 그게 어쨌다는 거요?
세상에 알려진 대하(大河)의 근원을 찾아가 보슈.
그저 물거품뿐일 테니.
군왕들의 기상은 범용한 자들의 그것보다 훨씬 막중한
그 어떤 연유로 잉태되는 것으로 생각하는 사람들도 있으나,
그건 착각이요. 똑같은 손이 작용하는 거요.
똑같은 욕망이 그들을 지배하고,
교구 목사님이 십일조에 해당하는 돼지 한 마리 때문에
법에 호소해 가지고는 교구민들을 파산시키고,
그래서 사람들이 멀쩡한 향토를 노략질로 망치고,
화려한 도시들을 대포로 허물어버리게 만드는,
바로 그 이유 말이요.

[여공과 시녀들 등장]

**여공** 안토니오, 부축 좀 해 주어. 내가 비만해지잖아?
숨이 차서 죽겠다니까. 보솔라, 부탁하는데,
내가 탈 가마 하나 마련해 주면 좋겠어.
피렌체 여공이 타던 것 같은―
**보솔라** 그분은 복중의 아기가 커졌을 때 가마를 탔지요.

4 페핀(Pepin)은 피핀(Pippin)이라고도 표기하는데, 8세기 프랑스의 임금이었다. 그의 아들이 샤를마뉴(Charlemagne), 혹은 카룰루스 마그누스(Carulus Magnus) 였다.

**여공** 그랬던 것 같아. 이리 와서 옷매무새 좀 바로 해 다오.
여기, 뭐 해? 이 미련한 것아, 굼뜨기는— 게다가
네 숨결에선 레몬 껍질[5] 냄새가 나. 빨리 끝내.
네 손가락 아래에서 나 까불어져야겠어?
가슴이 꽉 조여 오는 것처럼 숨도 못 쉬겠어.[6]

**보솔라** [방백] 어련하실라고—배가 부르니—

**여공** 프랑스 궁신들은 왕 앞에서도 모자를 쓴다고 그랬지?

**안토니오** 그러더군요.

**여공** 왕 앞에서?

**안토니오** 예.

**여공** 우리도 그 풍습을 따르는 게 어때?
펠트 조각 모자 벗는 건 궁신의 의무라기보다는
허례에 불과해. 그대가 이 궁정 안 다른 사람들에게
선례가 되도록, 먼저 모자를 쓰도록 해.

**안토니오** 용서하십시오. 프랑스보다 추운 나라에서도,
군왕 앞에서 지체 높은 분들이 탈모하고 서는 것을 보았고,
그런 예절은 존중됨이 옳다는 생각이 들었습니다.

**보솔라** 전하께 올릴 선물이 하나 있습니다.

5 구취를 제거하려 레몬 껍질을 씹었다. 냄새에 민감한 것은 여공이 아이를 가졌다는 증거이기도 하다.

6 원문은 "I am so troubled with the mother." 여기서 'mother'는 'smother'와 같은 뜻으로, 가슴이 답답하고 꽉 조여 오는 상태를 의미한다. 보솔라는 'mother'의 다른 뜻, 즉 임신한 것과 결부시켜 말을 이어 간다.

**여공** 나한테 줄?

**보솔라** 살구입지요, 전하.

**여공** 그래요? 어딨어요? 금년엔 못 들어봤는데—

**보솔라** [방백] 그렇지. 화색이 도는군.

**여공** 정말 고마워. 참 먹음직스럽군. 우리 정원사는 무얼 하는 거야? 이 달에도 맛보긴 틀렸잖아.

**보솔라** 껍질 채 잡수세요?

**여공** 그래. 사향 맛이 나는 것 같아—정말 그래.

**보솔라** 잘 모르지만, 껍질은 벗기고 잡수셔야 하는데—

**여공** 왜지?

**보솔라** 말씀 드리는 걸 잊었는데, 그놈의 정원사가 이른 수확으로 이문 늘리려 말똥을 비료로 썼거든요.

**여공** 농담도— 당신이 판단해. 하나 맛보아.

**안토니오** 전 그 과일을 안 좋아합니다, 전하.

**여공** 이 맛 좋은 걸 내게서 빼앗고 싶지 않은 거지? 참 맛있어. 이 과일이 원기를 돋운다잖아?

**보솔라** 기막힌 예술입죠— 이 접붙이기 말씀입니다.

**여공** 그건 그래. 자연을 향상시킨다고나 할까?

**보솔라** 능금에서 사과가, 인목(鱗木)에선 자두가 자라나게 하는 거죠. [방백] 참 게걸스럽게도 먹는군! 음란의 흔적을 감추는 넓은 치마에 회오리바람이라도 불어라. 그것하고 헐렁한 겉옷만 아니었더라면, 저년 뱃속에서 애새끼 하나 까불어대는 걸 확실히 보았을 텐데.

**여공** 고마워요, 보솔라. 맛있게 잘 먹었어. 배탈이나 안 났으면—

**안토니오** 왜 그러십니까, 전하?

**여공** 이 설익은 과일이 내 속엔 안 좋은 모양이야. 속이 더부룩해.

**보솔라** [방백] 아니지, 벌써 너무 '더부룩해'졌는걸.

**여공** 아, 왜 이렇게 식은땀이 나지?

**보솔라** 이거 참 유감이올습니다. [퇴장]

**여공** 내실로 가는 길 밝혀! 아, 안토니오, 난 이제 파멸이야!

**델리오** 횃불 밝혀! 어서!

[여공과 시녀들 퇴장]

**안토니오** 이보게, 델리오, 우린 이제 끝장일세!
진통이 시작된 모양인데, 산실로 옮길 시간이 없어.

**델리오** 시중들 여자들은 준비시켰나? 허고,
여공께서 주선한 산파를 눈에 띄지 않게
들여 올 비밀 통로도 확보해 두었겠지?

**안토니오** 그리 해 두었네.

**델리오** 허면, 이 다급한 상황을 잘 이용하게. 살구 몇 알로
보솔라가 여공을 독살하려 했다는 말을 퍼뜨리게.
그리하면 여공께서 모습을 안 나타내는 명분이 서지.

**안토니오** 그게 말이 돼? 그러면 의사들이 몰려들 텐데.

**델리오** 그럴 경우에 대비해,

의사들이 여공 전하를 독살하지 못하도록
여공님 자신이 준비한 해독제를 쓸 것이라고 말하면 될 것이야.
**안토니오** 어찌 할 바를 모르겠네. 생각의 갈피를 잡지 못하겠어.

[두 사람 퇴장]

# 2장 같은 장소

[보솔라 등장]

**보솔라** 그래, 그렇고말고. 성미 돋구는 것하며, 게걸스레 살구 먹는 것하며 애를 가졌다는 확실한 증거임엔 의심할 여지가 없어.

[노파 등장]

무슨 일이요?

**노파** 나 지금 바빠요.

**보솔라** 유리 불어 병 만드는 델[1] 끔찍이도 가보고 싶어 하던 젊은 시녀가 하나 있었다오.

**노파** 이봐, 나 지금 바빠.

**보솔라** 헌데 그 이유는, 유리를 부풀려서

1 런던의 블랙프라이어즈(Blackfriars) 극장 가까이에 열에 달군 유리액을 불어서 병을 생산하는 곳이 있었다. 보솔라의 말에는 여자가 임신해서 배가 불러 오르는 것에 대한 암시가 함축되어 있다.

여자 배 모양으로 둥글게 만드는 야릇한 도구가
도대체 무언지 알아보려는 거였어.

**노파** 유리 공장 이야긴 그만 하슈. 당신 아직도 여자들을 모욕해?

**보솔라** 누가? 내가? 아니야. 다만 그저 이따금씩
당신들 갖고 있는 약점에 대해 언급할 뿐이야.
귤나무엔 익은 열매, 안 익은 열매가 같이 매달리지만,
꽃들로 뒤덮이지.
당신들 중엔 순정 때문에 몸을 허락하는 것들도 있지만,
보상을 기대하고 그러는 경우가 더 많지.
한창 피어나는 봄철이 향기롭다면,
시들어 가는 가을이 맛은 좋아.
천둥번개의 신 주피터의 시절처럼,
황금의 비가 소나기로 쏟아지게 할 수 있다면,
그 옛날 다나에가 그랬듯,[2]
넙적다리 벌려 황금비를 맞을 년들 있다마다.
수학 공부 해 본 적 없어?

**노파** 그게 뭐유?

**보솔라** 그건 말씀이야, 많은 선들이 가운데 한 점에서 만나게 만드는 묘수를 배우는 거야. 자, 가서, 수양딸들한테 훈도나 해요. 악마는 여자 허리띠에

2 그리스 신화 중 하나인데, 제우스가 다나에(Danaë)라는 처녀에 대한 욕정을 견디지 못하여, 황금으로 된 비로 변신하여 그녀의 몸에 쏟아져 내렸다는 이야기에 대한 언급. 여성이 황금의 유혹을 뿌리치기 힘들다는 것이 보솔라의 생각이다.

매달리는 걸 좋아한다고 알려줘요. 마치 녹슨 시계처럼 말야— 그래야 여자가 시간 가는 줄 모를 것 아냐.

[노파 퇴장. 안토니오, 로더리고, 그리솔란 등장]

**안토니오** 궁궐 문 다 닫아걸어.

**로더리고** 왜죠? 무슨 위험이—

**안토니오** 즉시 바깥문들을 잠가. 그리고 궁정 직원들을 모두 소집해.

**그리솔란** 즉시 그러겠습니다. [퇴장]

**안토니오** 정원 열쇠는 누가 가지고 있나?

**로더리고** 포로보스코입니다.

**안토니오** 즉시 가져 오도록 일러.

[하인들 데리고 그리솔란 다시 등장]

**하인 1** 아, 궁정 신사 여러분, 끔찍한 반역이요!

**보솔라** [방백] 나도 모르는 사이에

그 살구들에 갑자기 독이 주입된 건 아니겠지![3]

**하인 1** 여공님의 침실에서 스위스인 경비병 하나가 방금 붙잡혔소.

**하인 2** 스위스 놈이?

3 보솔라 특유의 비아냥. 무언가 거짓 소란이 꾸며지고 있는 것을 그는 직감으로 안다.

**하인 1** 국부 보호대 속에 권총을 감추고—[4]

**보솔라** 하 하 하!

**하인 1** 국부 보호대를 권총집으로 쓴 거야.

**하인 2** 교활한 놈이군. 누가 그놈 국부자루를 조사했겠어?

**하인1** 맞아, 부인들 내실을 들락거리지만 않았다면 말야.
그리고 그놈 옷 단추 알들이 모두 납 총알이었다네.

**하인 2** 식인종 같은 놈! 국부 보호대 속에 권총 한 자루라!

**하인 1** 내 목숨 걸고 말하네만, 프랑스 놈들이나 할 짓이야.[5]

**하인 2** 악마의 짓거리가 어디까지인가 볼 양으로—

**안토니오** 직원들 다 모였나?

**하인들** 저희들입니다.

**안토니오** 이보게들, 알다시피
금은 식기가 많이 없어졌는데, 바로 오늘 저녁
4천 다카트 정도 값나가는 패물이
여공님의 장농에서 증발했네.
문들은 다 잠겼나?

**하인들** 예.

4 남자가 입는 꼭 끼는 하의나 갑옷에 국부를 보호하기 위해 딱딱한 자질로 된 부분이 외부로 돌출하도록 하였는데, 이를 '코드피스(codpiece)'라고 불렀다. '권총'은 남성의 성기를 유감시키는 물체로 극작품들에 자주 등장한다.

5 영국에서는 극악한 범행을 놓고 'Italian villainy'라 하고, 매독을 영국에서는 'French pox' 프랑스에서는 'English pox'라고 부르던 것처럼, 나쁜 행위나 질병을 다른 나라와 결부시키는 관행이 있었다. '제노포비아(xenophobia, 외국인 혐오)'의 한 예이다.

**안토니오** 여공님 분부하시길,
날이 밝을 때 까지 전 직원은 자기 방에만 있고,
각자의 서랍 열쇠와 출입문 열쇠를
여공님 침실로 보내라셨네. 몹시 편찮으시네.
**로더리고** 분부대로 하지요.
**안토니오** 언짢게 여기지 말기를 바라시네.
결백함이 드러난 사람은 더욱 아끼실 걸세.
**보솔라** 땔 나무 건사하는 양반들,
그 스위스 경비병은 어디 갔나?[6]
**하인 1** 단언하는데, 부엌 일꾼 하나가
확실하게 알려 준 소식이었소.

[안토니오와 델리오 남기고 모두 퇴장]

**델리오** 여공께선 어떠신가?
**안토니오** 극심한 진통, 고통, 공포에 시달리시네.
**델리오** 다정한 말로 안심시켜 드려야지.
**안토니오** 내게 닥친 위험 앞에 멍청이 노릇이나 하고 있구나!
이보게, 자네 오늘 밤 로마로 급히 좀 가 줘야겠어.

6 앞에서 하인들이 나눈 대화는 스위스 경비병이 여공의 침실에서 잡혔다는 소식에 대한 것이었는데, 이제 모든 용인들이 의심을 받고 있다는 안토니오의 말에, 보솔라는 야유조의 이 말을 던진다.

내 생명이 자네 하는 데 달려있네.[7]

**델리오** 나만 믿게.

**안토니오** 아직은 멀리 있지만, 왠지

위험이 다가온다는 두려움이 들어.

**델리오** 내 말 믿게.

두려움의 그림자일 뿐이야. 그 이상은 아니야.

액운을 예단하면서 우린 얼마나 미신에 휘둘리는가 말야.

소금을 엎지른다든지, 산토끼가 길을 가로지른다든지,

코피가 난다든지, 말이 발을 헛디딘다든지,

귀뚜라미가 운다든지—뭐 이런 일들이

우릴 주눅 들게 할 힘이 있다는 거야.

자, 그럼 잘 있게. 행복한 아버지 되길 바래.

그리고, 친구로서의 내 신의는 자네 가슴에 심어도 좋아.

오랜 벗은, 오래된 검처럼, 언제나 믿을 수 있는 거야. [퇴장]

[카리올라 등장]

**카리올라** 어르신, 아드님을 두신 행복한 아버지십니다.

마나님께서 보내시는 인사 말씀 전해 드립니다.

7 델리오가 로마로 급히 서둘러 가서 무슨 일을 해야 하는지는 구체적으로 밝혀지지 않고 있다. 실제로 델리오가 로마에 도착해서 무엇을 급히 서둘러 하는 모습을 나중에 전개되는 장면에서 볼 수도 없다. 다만 그것이 여공의 오라비들이 여공의 임신 소식을 들어서 알고 있는지 염탐해 보려는 안토니오의 다급한 심정의 발로일 수는 있겠다.

**안토니오** 축복 받은 위안이로구나. 부디 잘 모셔 드려라.
난 즉시 그 아이의 별점을 보러 가야겠다.

[둘 다 퇴장]

## 3장 같은 장소

[희미한 등 들고 보솔라 등장]

**보솔라** 확실히 여인네가 소리 지르는 걸 들었는데—
가만, 들어봐! 허고, 내 옳게 들었다면,
그 소리가 여공의 처소에서 왔으렷다.
궁정 요원들을 모두 각자의 숙소에서 못 나오게 한 데에는
무슨 꿍꿍이가 있어. 무슨 연유인지 알아내야겠어.
그렇잖으면 내 정보 수집은 다 무용지물이야.
또 들리네! 이렇게 외마디 소릴 지르는 게,
정적과 고적함의 짝패인 저 우울에 절은 새,
올빼미일 수도 있어. 어, 안토니오인가?

[검 빼어 든 안토니오 촛불 들고 등장]

**안토니오** 무슨 소릴 들었어. 누구야? 정체를 밝혀.
**보솔라** 안토니오신가? 얼굴이며 몸에다 그렇게 억지로 지어내는

경계 태세일랑 띠지 말아요. 당신 친구 보솔라요.

**안토니오** 보솔라! [방백] 이 두더지가 날 망치누나
방금 무슨 소리 안 들었나?

**보솔라** 어디서?

**안토니오** 여공님 처소 쪽에서.

**보솔라** 아니. 당신은?

**안토니오** 들은 것 같은데, 착각일 수도 있지.

**보솔라** 그쪽으로 가 봅시다.

**안토니오** 아니, 바람 소리였는지도 몰라.

**보솔라** 그럴 거요. 난 몹시 추운데, 당신은 땀을 흘리는군.
눈빛도 산란하고—

**안토니오** 여공님의 보석에 대한 헤아림을 하고 있었네.

**보솔라** 아, 그래 점괘가 어찌 나옵디까? 무슨 의미심장한—?[1]

**안토니오** 그게 당신한테 무슨 아랑곳이야?
모두 자기 처소 지키라는 명을 받고도 야밤에 이렇게
싸돌아다니는 건 무슨 이유에선지 물어 보아야겠는 걸.

**보솔라** 사실대로 말씀드리리다. 온 궁정이 다 잠들었기에,
악마가 여기에 볼일이 있을 리 없다는 생각이 들어,
기도라도 드리러 왔다오. 헌데 그게 마음에 안 드신다면,
당신은 훌륭한 궁신이오.

1 도둑맞은 패물 값을 헤아리고 있었다는 안토니오의 말을 보솔라는 그가 별점을 치고 있었다는 뜻으로 받아들이는 듯, 짐짓 의미를 바꾸어 버린다.

**안토니오** [방백] 이놈이 날 망치려 드는구나.
당신 오늘 여공께 살구를 드렸지. 독이 들지나 않았으면!

**보솔라** 독이 들었다고?
그 따위 누명 씌우려거든 이거나 먹으슈.[2]

**안토니오** 죄상이 들어날 때까지는 역도들 자신만만하지.
보석들도 도난당했는데, 내 생각엔 당신이 제일 의심스러워.

**보솔라** 이 엉터리 집사—

**안토니오** 돼먹잖은 놈, 내 너를 뿌리 채 뽑아 주마.

**보솔라** 그래서 오는 파멸은 당신을 작살낼 거요.

**안토니오** 자네는 정말 뻔뻔스런 뱀이야.
체온이라곤 없고, 독아(毒牙)를 드러내고 있지?
험담 늘어놓기에 능하기라니—

**보솔라** 그렇지 않다오.
내가 험구에 능하다고 적기나 하쇼.
그걸 난 기꺼이 여기저기 붙여 놓으리다.[3]

**안토니오** [방백] 코피가 나네. 이건 어쩌다 있을 수 있는 일인데,
미신 좇는 사람이라면 불길한 조짐이라 여기겠지.
내 이름에 들어있는 두 글자가 피에 젖었네! 우연이겠지.

2 원문은 "A Spanish fig for the imputation!"인데, 이 말을 하며 보솔라는 엄지손가락을 검지와 장지 사이에 내미는 천박한 동작을 무대 위에서 보여 준다.

3 보솔라가 남을 헐뜯는 말을 일삼는 사람이라는 안토니오의 말에, 보솔라는 이를 부인하는데, 자신이 그런 사람이라고 헐뜯는 안토니오의 말을 여기저기 게시할 용의가 있다는 말을 함으로써, 보솔라는 안토니오가 오히려 험담을 일삼는 자라고 말을 돌려 하고 있다.

—날이 밝으면 당신을 취조하도록 내 확실히 해 두겠소.
[방백] 이건 여공이 와병 상태라는 구실 덮기 위함이야.
—이봐, 이 문을 지나가면 안 돼. 모든 혐의를 벗을 때까진
여공님의 처소 가까이에 얼찐거리는 걸 허용 않겠어.
[방백] 신분 높아도 낮은 것과 다를 바 없어— 아니, 똑같애.
치욕을 피하려고 치욕스런 방도를 찾음에 있어서랴— [퇴장]

**보솔라** 안토니오가 여기 무슨 종이를 떨어뜨렸는데—
[등을 밝게 하며] 이게 도움이 되려나? 아, 여기 있군.
이게 뭐지? 갓 태어난 어린애의 사주팔자?
[읽는다] "여공께서 아들을 낳았다. 밤 열두 시와 한 시 사이.
주님의 해 1504"—이건 금년이고— "12월 19일"— 이건 오늘
밤이고—"아말피의 자오선을 근거로 취합하다"—이건 바로
여공 이야기 아닌가? 이게 눈에 띄다니!— "주운성(主運星)이
상승해 태양열에 타니, 단명할 수(壽). 화성(火星)이 12궁(宮) 중
하나 안에 있고, 용(龍)자리 꼬리에 연결되었고,[4] 제 8궁(宮)에
있으니, 비명에 죽을 수(壽). 나머지는 세찰(細察)하지 않음."[5]
그렇지, 이제 모든 게 확실해졌어. 이 빈틈없는 녀석이
여공의 뚜쟁이란 말씀이야. 예상했던 대로야.
이 비밀이 새 나가는 걸 막기 위해,

4 용(龍)자리 꼬리는 불운의 조짐. 화성이나 용좌(龍座)나 불길한 별인데, 이 둘이 동시에 보이니 치명적일 수밖에 없다.

5 불길한 점괘만 나타나므로 안토니오는 더 이상 별점 보는 것을 계속할 용기가 없었다는 사실을 암시한다.

궁정 식구들을 꼼짝 못하게 금족령으로 가두었던 거야.
그러니 당연하지— 여공을 독살하려 했다는 죄목을
구실 삼아, 나를 가두어 놓을 필요가 생긴 거야.
내 그걸 참아 주마, 속으로는 웃으면서 말야.
그 애비가 누군지 알았으면 좋겠어.
하지만 그것도 시간 지나면 알게 될 거야.
늙은 카스트루치오가 아침에 로마로 떠나지.
이 영감 편에 보내야지— 여공의 오라비들 쓸개물이
그자들 간을 철철 넘쳐흐르게 만들
편지 한 장 써서 말야. 참 간교한 술책이야.
욕정이 제아무리 교묘하게 얼굴 숨기는 탈을 써도,
여공이 머리는 좋은 것 같은데, 현명하지는 못하구먼. [퇴장]

# 4장 로마에 있는 추기경 저택

[추기경과 줄리아 등장]

**추기경** 앉아요. 당신이야말로 내가 제일 보고 싶었던 사람이요.
그런데, 남편을 대동 않고 로마에 오려 무슨 구실을 대었소?
**줄리아** 추기경님, 남편에겐 제 독실한 신심을 고백하려
여기 있는 어느 나이든 은둔자를 찾아 보련다고 했지요.
**추기경** 자네는 교활한 사람이야— 남편에게 말이야.
**줄리아** 제가 아무리 완강하게 거절했어도, 결국은 제 뜻을
꺾고 말으셨지요. 지금 와서 마음 변하진 않으셨으면 해요.
**추기경** 당신이 좋아서 저지른 일 가지고, 마치 어쩔 수 없는
상황에 굴복하였다는 듯 우는 소리 일랑은 하지 마오.
**줄리아** 무슨 말씀이시죠?
**추기경** 당신 자신이 변심을 밥 먹듯 했기 때문에,
내 마음 변할까 보아 당신은 걱정을 하는 거요.
**줄리아** 제가 언제 변심하는 걸 보셨나요?
**추기경** 그럼, 여자는 다 그런 걸. 여자들 절개 지키도록 하는 것보다야,

차라리 유리를 녹진녹진하게 만들어 보려 애쓰는 게 낫지.

**줄리아** 아, 그래요?

**추기경** 피렌체 사람 갈릴레오가 발명한 그 놀라운 망원경을 빌려[1]
달나라에 펼쳐진 넓디넓은 세상을 훑어보고, 거기서
지조 지키는 여인을 찾아보아야 한다고나 할까?

**줄리아** 일이 이쯤 되었군요, 추기경님.

**추기경** 왜 우는 거요? 눈물이나 쏟으면 다 해결될 것 같소?
바로 똑같은 눈물을 당신 남편 가슴에 떨구면서,
온 세상보다 그를 더 사랑한다고 큰 소리로
천명할 것 아니오? 자, 내 그대를 슬기롭게 아껴 주지—
다시 말해, 질투를 하면서 말이오.
그대가 날 오쟁이진 남편 만들 일은 없을 테니—

**줄리아** 남편한테 돌아갈래요.

**추기경** 내게 고마운 줄 알아야 해, 당신.
그 답답한 매 장 횃대 벗어나게 해 주었고,
내 주먹에 앉혀서는, 사냥감 있는 델 보여 주어,
그걸 덮치게 해 주었으니—[2] 자, 입이나 맞춰 주오.
남편과 있을 땐, 길들여진 코끼리처럼
감시나 당했지. 어쨌든 내게 고마운 줄 알아요.

1 갈릴레오가 망원경을 발명한 것은 1609년이었으므로 이 극의 시대적 배경보다 훨씬 나중의 일이다.

2 매 사냥꾼이 매를 장에서 나오게 해 손등에 얹었다가, 매가 자유롭게 비상하는 훈련을 시키는 것에 비유하며, 추기경은 줄리아를 갑갑한 남편 품으로부터 해방시켰다고 강조한다.

그자로부터 얻은 건 입맞춤하고 기름진 음식뿐이오.
헌데, 그게 좋을 게 무어야? 그건, 말하자면,
비파(琵琶)에 손가락이나 몇 번 퉁겨 보는 시늉이나 하고,
음조도 제대로 고르지 못함이야. 어쨌든 고마운 줄 알아요.

**줄리아** 당신이 내게 처음 연모의 정을 호소해 올 때,
가슴을 도려내는 상흔이며 간장(肝腸)의 아픔을 호소하며,
마치 중환(重患)에 시달리는 것처럼 말씀했죠.

[문 두드리는 소리]

**추기경** 누구냐? [줄리아에게] 안심해요. 당신 향한
내 연모의 정은 번갯불도 가히 따르지 못할 거요.

[하인 등장]

**하인** 마님, 아말피에서 급히 오신 신사 한 분께서 뵙고자 하십니다.

**추기경** 들어오시도록 해. 난 자리를 뜨겠오. [퇴장]

**하인** 그분 말씀이, 부군 카스트루치오 노인이 로마로 오셨는데,
말 바꿔 타며 쉴 틈도 없이 달려 오셨다고 합니다. [퇴장]

[델리오 등장]

**줄리아** 델리오 씨! [방백] 한때 내게 청혼을 했던 사람이지—

**델리오** 이렇게 덥석 찾아왔소.

**줄리아** 잘 오셨어요.

**델리오** 이곳에 묵으시오?

**줄리아** 그렇잖다는 걸 경험으로 아시잖아요. 로마 고위 성직자들은 여자들에게 숙소 제공을 않지요.

**델리오** 어련하겠소. 남편께서 전해 달라는 인사말 하나 없구려 아무런 부탁도 받지 못했으니 말이요.

**줄리아** 로마에 왔다고 들었어요.

**델리오** 사람과 짐승이—기수와 말이—그토록 서로에게 질린 걸 나 본 적이 없소. 당신 남편 허릿심만 좋았다면, 타던 말을 등에 얹으려 했을지 모르겠소. 가랭이가 그토록 헐었기 말이오.

**줄리아** 말하는 당신은 웃지만, 듣는 저는 불쌍하단 마음예요.

**델리오** 부인, 돈이 필요하신지 모르겠소만, 조금 가져왔소.

**줄리아** 남편이 보냈나요?

**델리오** 아니오. 내 용돈에서 떼어낸 거요.

**줄리아** 그 돈 받기 전에 조건이 무언지 알아야죠.

**델리오** 보시오. 황금이요. 색갈이 좋지 않소?

**줄리아** 내가 기르는 새가 그보단 예뻐요.

**델리오** 소릴 들어봐요.

**줄리아** 비파 줄이 더 좋은 소릴 내죠. 계피나 사향 같은 향기도 없고— 어떤 엉터리 의사들은 황금 넣고 끓여 국물 우려내라지만,

약효도 없고— 내 말하지만, 이 마물을 지어낸 건—

[하인 다시 등장]

**하인** 부군께서 도착하시어, 칼라브리아 공께 서신을 전해 드렸는데,
제가 생각키에, 그걸 읽으시고 공작님이 대노하신 것 같았습니다. [퇴장]

**줄리아** 들으셨지요? 용건과 원하시는 것이
무언지 간략하게 말씀하세요.

**델리오** 요점만 말하자면,
남편과 함께 있지 않은 때를 보아,
나의 정부(情婦)가 되어 달라는 거요.

**줄리아** 그래도 좋은지 남편한테 물어보고 나서,
곧바로 대답을 가져다 드릴게요. [퇴장]

**델리오** 좋다마다! 저런 대답하게 만드는 게 재치일까, 정절일까?
아말피에서 온 편지를 읽고, 공작이 격노했다고?
안토니오의 비밀이 탄로 난 거나 아닌지 모르겠어.
그 친구의 야망, 지금 와 보면, 얼마나 위험천만한 거야!
불운을 가져온 행운이지! 결말이 닥치기 전에,
귀추가 어떻게 될까 저울질 해 보는 사람들은,
소용돌이를 헤쳐 나가고 깊은 시름도 비켜 가는 법—[3][퇴장]

3 여공과 헤어지기 전, 앞으로 처신을 잘 하라는 당부를 하며, 추기경은 이런 말을 했다. "슬기란 결과를 가늠해 보는 데에서 시작해요. 기억해 두어요."(1막 3장 35행) 델리오의 말도

# 5장 같은 장소

[추기경과, 손에 편지를 든 퍼디난드 등장]

**퍼디난드** 오늘 밤 내가 맨드레이크[1] 뿌리 하나를 캐냈어.

**추기경** 그래요?

**퍼디난드** 그래서 미쳐 버렸다니까.

**추기경** 놀라운 소식이 무어요?

**퍼디난드** 이걸 읽어 봐. 누이는 끝장이야. 난잡하기라니—갈보나 다름없어.

**추기경** 음성 좀 낮추어요.

**퍼디난드** 낮추라고? 잡놈들은 지금 수군거리기는커녕, 대놓고 떠들어 댈 걸?
(마치 아래 것들 그것들 상전이 큰 은덕이나 베풀었다는 듯 말야—)
탐욕으로 이글거리는 눈으로,[2] 누가 제 놈들 말에 귀 기울일 건지

같은 의미를 담고 있다.

1 '맨드레이크(mandrake)'는 '맨드라고라(mandragora)'라는 식물의 뿌리인데, 독성이 강하고 최음 효과가 있다고 알려져 있다. 속설에 의하면, 이 뿌리를 캐내는 사람은 미치게 된다고 한다. 나중에 밝혀지지만, 퍼디난드가 누이에 대해 잠재된 근친상간적 욕망을 가지고 있다는 사실에 비추어 볼 때, 이 말은 상징성을 갖는다. 실제로 뿌리를 캐냈다는 의미 보다는, 자신을 미치게 만드는 편지 한 장을 받았다는 말일 것이다.

2 입 다물고 비밀 지키면 돈이나 받을 수 있지 않을까 하는 심산으로.

두리번거리며 찾고 말야. 아, 그년한테 재앙이나 덮치거라!
그년 입맛 맞춰 줄 간특한 뚜쟁이들 부렸고,
그년 욕정 채워 줄 방도를 수비대처럼 준비했지.

**추기경** 있을 수 있는 일이야? 확실해?

**퍼디난드** 아, 이 분기(憤氣)를 씻어내려면, 설사초가 있어야 돼.[3]
여기 내 기억을 일깨울 그 저주받은 날짜가 있고,[4]
그것의 피 흘리는 심장을 스폰지 삼아 닦아 버릴 때까지
여기 눌어붙어 있을 거야.

**추기경** 왜 그렇게 거친 폭풍처럼 구는 거요?

**퍼디난드** 폭풍이 될 수만 있다면— 그렇기만 하다면,
내 그것의 궁궐을 그것의 귀 주변에서 뒤흔들리게 하고,
그것이 소유하는 울창한 숲을 뿌리 채 뽑고, 풀밭도 말리고,
그것이 통치하는 영토를 쑥대밭으로 만들 텐데—
그것이 제 명예를 파탄 내었듯 말야.

**추기경** 우리 피가—아라곤과 카스틸 왕족의 피가—이처럼 오염되다니.

**퍼디난드** 극단의 처치가 필요해. 연고를 바를 게 아니라, 인두로 지져야 돼.
아니면, 찢어지는 아픔 주는 피받이 대롱 가져다대든가—
그래야 그것의 더럽혀진 피를 줄줄이 뽑아내지.
내 눈에 연민의 흔적이 고이누나. 이걸 손수건에 묻히자.

3 '루바브(rhubarb)'라는 풀은 설사를 유발하는 것으로, 분노를 삭이는 효능이 있다고 믿었다.
4 여공이 출산을 한 밤 안토니오가 별점을 받아서 해 놓은 기록. 안토니오가 떨어뜨린 것을 보솔라가 집어서 읽었는데, 그가 퍼디난드에게 편지를 보낼 때 동봉한 것이다.

이제 여기 묻었으니, 이걸 그것의 사생아한테 줄 거야.

**추기경** 무얼 하려고?

**퍼디난드** 그 어미를 난도질한 뒤, 상처에 덧댈 보드라운 천으로 쓰게—

**추기경** 저주받은 것! 계집들의 심장을 그토록 못된 쪽으로
기울게 하다니—[5] 인성(人性)이란 불안정한 것이야!

**퍼디난드** 남자들은 어리석기도 하지! 여자라는 가볍고 약한 갈대로 되어
언제고 가라앉을 배 한 척에 그네들의 명예를 노상 맡기려 하니—

**추기경** 그래서 무지(無知)는 명예를 획득하고 난 연후에도
그것을 마음껏 누릴 수가 없는 거야.

**퍼디난드** 그것이 깔깔대는 꼴이 보이는구나—
하이에나 같은 년! 무슨 말이든 빨리 해 줘.
안 그러면 내 상상이 나를 휘몰아 가,
그년이 음탕한 짓거리 하는 꼴 보게 만들 거야.

**추기경** 누구하고?

**퍼디난드** 넙적다리 튼튼한 뱃놈일 수도 있고, 아니면
장작 패는 뜰에서 쇠망치나 철재 봉 던지는 놈, 아니면
그것의 내실로 땔감 나르는 잘 생긴 종놈이겠지.

**추기경** 터무니없는 상상이야.

5 원문은 "to place women's hearts So far upon the left side!"이다. '왼 쪽'은 라틴으로 *sinister*인데, 이 단어가 영어로 사용될 때는 부정적인 의미를 함축한다. 즉, 오른 쪽이 미덕이나 슬기를 지칭한다면, 왼 쪽은 불길함, 교활함, 욕정 등을 암시한다. 중세 이래 르네상스 시대에 이르기 까지, 여성은 이성(*ratio*) 보다는 정염(*passio*)에 의해 지배되는 성향이 더 큰 존재로 인식되었다.

**퍼디난드** 꺼져 버려, 요망한 것! 내 타오르는 불길을 잡을 수 있는 건,
너 갈보년의 젖이 아니라, 너 갈보년의 피야.
**추기경** 걷잡을 수 없는 분노로 제 정신이 아니구려—
마치 마녀들의 농간으로 격렬한 회오리바람에 실려
허공에 떠도는 사람처럼! 이 막무가내로 내지르는 소리는
귀머거리들이 목청껏 외쳐대며 말하는 것 같소.
다른 사람들도 자기들 마냥 귀 안 들린다 생각코
시끄럽게 떠들어대는 사람들 말요.
**퍼디난드** 내게 닥친 격분 자네에겐 없나?
**추기경** 있다마다요.
분노하기는 하되, 형처럼 폭발은 않소.
절제 없이 터뜨리는 분노만큼이나 인간을
보기 흉하고 짐승처럼 만드는 건 세상에 또 없소.
부끄러운 줄 아시오. 평온을 이룩하려 안간힘 하는 가운데
오히려 평온을 잃고 자신을 더욱 괴롭게 하는 예가 많지 않소?
자, 진정해요.
**퍼디난드** 허면, 있는 그대로가 아닌 것처럼 보이려
애써야겠구먼. 나 지금 그년 죽이는 셈치고,
널 죽이든, 나 죽든 할 수 있어. 내 생각키엔,
하늘이 이년을 통해 응징하고자 하는 무슨 죄가
우리들 몸에 흐르기 때문일 거야.
**추기경** 완전히 미친 거요?

**퍼디난드** 년놈들의 몸뚱이를 아궁이에 처넣고, 굴뚝 막고 태워 버렸으면—
그 저주받은 연기가 하늘에 오르지 못하게 말야. 아니면,
그것들 뒹굴던 이불보를 탄액(炭液)이나 유황에 담갔다가,
그걸로 년놈들을 싸서, 불을 확 질러 버렸으면— 아니면,
년놈들이 내지른 애새끼를 진국이 될 때까지 푹 고아서,
그것의 음탕한 애비가 마시게 해서, 그놈이 저지른
허리의 죗값을 치를 수 있도록 말야.[6]

**추기경** 나 그만 가 보겠소.

**퍼디난드** 그만, 내 말 끝났다. 나 확실히 말하는데,
내가 설령 지옥에 떨어져 불길에 싸였더라도,
이 소식을 듣고 나서는, 차가운 땀으로
전신이 젖었을 거야. 들어가서, 잠이나 자자.
누가 내 누이를 덮치는지 알 때까진, 꼼짝 않겠다.
알게만 된다면, 내 회초리 끝에 전갈을 붙일 거야.[7]
그런 다음 그년을 끝장내고 말 것이야.

[둘 다 퇴장]

6 그리스 신화에 나오는 이야기로, 프로크네(Procne)는 동생 필로멜라(Philomela)를 남편 테레우스(Tereus)가 능욕한 것을 알게 되자, 자신과 테레우스 사이에서 난 아이를 죽여 음식을 만들어 테레우스에게 먹인다. 또 하나 떠올릴 수 있는 그리스 신화는, 아트레우스(Atreus)가 그의 아우 티에스테스(Thyestes)로 하여금 제 자식으로 만든 음식을 먹게 만드는 이야기인데, 퍼디난드의 말은 위의 두 신화에서의 이야기를 연상시킨다.

7 매질을 할 때 회초리 끝에 울퉁불퉁 파인 쇠붙이를 달아 살을 파고드는 혹형을 가함을 의미하는데, '전갈'은 이에 대한 은유이다.

아 말 피 의 여 공

# 3막

*The Duchess of Malfi*

# 1장 아말피. 여공의 궁전

[안토니오와 델리오 등장]

**안토니오** 소중한 나의 벗, 다정하기 그지없는 델리오!
아, 궁정을 참으로 오래 떠나 있었네.
퍼디난드 공과 함께 왔는가?
**델리오** 그리하였네. 그런데 여공께서는 어찌 지내시는가?
**안토니오** 아주 잘 지내시네.
가문을 이어가는 데에는 더할 나위 없이 능한 분이셔.
지난번 자네가 그분을 마지막으로 뵌 후,
아이를 둘 더 낳으셨다네. 아들하고 딸이야.[1]
**델리오** 바로 어제 같은데. 내가 잠깐 눈을 감고, 내 보기엔
다소 수척해진 것 같은 자네 얼굴을 보지만 않으면,

1 퍼디난드가 불같은 성격의 소유자임을 고려할 때, 여공이 첫 아이를 낳고 나서 두 아이를 더 낳을 때까지 기다렸다가 그제서야 아말피 궁에 왔다는 것은 극의 진행 면에서 무리가 있다. 작가는 이런 현실성의 부재를 감내하고라도, 적어도 3년이라는 행복한—그러나 비밀을 지키려 살얼음판 같았던—안토니오와 여공의 결혼 생활이 드디어 파국을 맞게 되는 것을 극적으로 보여주려 그 동안 세 아이들이 태어난 것으로 이야기를 전개한 듯하다.

참말이지 이 모든 게 바로 반 시간 동안에 일어난 일만 같아.

**안토니오** 여보게, 델리오. 자넨 법에 얽매이지도 않았었고,
감옥 생활을 하지도 않았고, 청원자로 법정에 서지도 않았고,
신분 높은 사람의 지위를 물려받으려 애소하지도 않았고,
늙은 여편네에게 시달리지도 않았지. 헌데 이게 바로
알지 못하는 사이에 시간 흘러가게 만드는 거라네.

**델리오** 말 좀 해 보게. 이 소식이 추기경 귀에 안 들어갔을까?

**안토니오** 그런 것 같아. 얼마 전 내방한 퍼디난드 공이
사뭇 위협적인 거동을 보이고 있어.

**델리오** 그건 왜지?

**안토니오** 하도 조용해서, 폭풍이 지나갈 때까지 잠자는 것 같아.
마치 들쥐들이 겨울을 날 때 하듯 말야. 악령이 출몰하는 집은
악마가 행동 개시할 때까지는 고요한 법이거든.

**델리오** 평민들은 뭐라 말하는가?

**안토니오** 막돼먹은 자들은 거침없이 여공을 매춘부라 불러.

**델리오** 그렇다면, 진중한 축에 드는 사람들은 정치적일 텐데,
그자들 생각은 어떤가?

**안토니오** 그자들은 내가 온당치 못한 방법으로 터무니없는
부(富)를 쌓아가는 걸 예의 주시하는데, 여공께서
마음만 먹는다면 이를 못하게 할 수 있다고 생각하지.
그자들 말은, 통치자들이란, 그들 밑에서 일하는 관리들이
부(富)를 축적할 방도를 마음껏 누리는 걸 못마땅하게

생각더라도, 부리는 관리들이 국민들에게
혐오스런 존재로 비칠까 저어하여, 묵인해 준다는 거야.
여공과 나 사이에 연정이나 혼인 관계가 있다는 사실은
꿈에도 상상하지는 못해.

**델리오** 퍼디난드 공이 침소로 드네.

[여공, 퍼디난드, 보솔라 등장]

**퍼디난드** 곧 잠자리에 들겠다. 심신이 피로해서—
네 남편 될 사람 이야기나 해야겠다.

**여공** 내 남편감요? 누구죠?

**퍼디난드** 말라테스테 백작이야.

**여공** 그만 두어요. 백작이라고요?
입에 대고 빠는 사탕 막대기 같은 사람예요.
속이 빤히 보이는 사람이죠. 남편을 하나 고른다면,
오라버니 명예에 걸맞은 사람이어야 해요.

**퍼디난드** 그래야겠지. [안토니오에게] 잘 지냈나, 안토니오?

**여공** 헌데, 오라버니, 제 명예를 훼손하는 추문이 근자에
횡행하는 것에 대해 조용히 말씀을 나누고 싶어요.

**퍼디난드** 난 듣고 싶지 않아. 통치자들의 궁중에 떠돌기 마련인
고약한 기운인, 그 너저분한 풍자문[2] 아니면 비방이겠지.
하지만, 설령 그것이 사실이라 해도— 진정으로 하는 말이지만—

설령 확인된 것이랄지라도, 너를 향한 변함없는 내 사랑이
그 죄를 눈감아 주고, 가볍게 보고— 아니, 부인할 것이야.
너만 순결하다면, 마음 놓고 편안히 지내.

**여공** [방백] 아, 정말 안심이 되네! 끔찍스런 불안감이 싹 가셨어.

[여공, 안토니오, 델리오 퇴장]

**퍼디난드** 저것의 죄는 뜨겁게 달군 보습날을 딛는 중이야.[3]
이보게, 보솔라, 정탐하는 일은 어떻게 되어가나?

**보솔라** 그것이 오리무중이올습니다.
소문에 의하면, 사생아 셋을 낳았다는데,
애비가 누군지는 별점이라도 쳐 보아야겠어요.

**퍼디난드** 허긴, 거기 다 드러난다고 생각하는 자들도 있지.

**보솔라** 그럼요, 그걸 판독해 낼 안경만 찾아낼 수 있다면요.
어쩐지 여공님께 무슨 마법이 덮씌운 것 같습니다만.

**퍼디난드** 마법이라? 무슨 목적으로?

2 원문은 "One of Pasquil's paper bullets"라고 되어 있다. 1501년 로마에서 발굴된 남자의 석상에 붙여진 이름이 'Pasquil' 혹은 'Pasquin'이라고 한다. 카라파(Caraffa) 추기경이 그 석상을 궁뜰에 세워 놓았는데, 해마다 성 마르코스 절이 되면, 라틴으로 쓴 시를 그 석상에 바치는 것이 관행이 되었다고 한다. 시간이 흐르면서 그 시들은 차츰 풍자적인 성격을 띠게 되었고, 따라서 'Pasquil'이란 이름은 '풍자'란 말과 동의어가 되었다. 파스킬이 실제로 누구였는지는 알려져 있지 않다.

3 뜨겁게 달군 보습날에 서서 걷게 하는 형벌은 죄진 사람에 대한 고대의 심판 방법 중의 하나였다.

**보솔라** 여공께서, 수치스러워 인정하실 수도 없는,
어떤 별 볼 일 없는 녀석에게 넋이 나가시도록 말예요.
**퍼디난드** 우리가 원하든 않든 사랑에 빠지게 만드는 힘이
미약(媚藥)이나 주문(呪文)에 있다고 믿을 수 있겠는가?
**보솔라** 그렇고말고요.
**퍼디난드** 집어 치워! 이건 다 우리를 속이려고
야바위꾼들이 지어 낸 협잡 술수이고
터무니없는 장난질일 뿐이야. 약초나 주문이
사람의 의지를 좌지우지할 거라 생각해?
이 어리석은 짓거리를 검증해 보았다는데,
그 성분이란 게 서서히 독성을 드러내는 것이라서,
환자를 결국은 미치게 만든다더군. 그래서는
마법 건다는 자가, 알쏭달쏭한 말 지꺼리며,
환자가 상사병 걸렸다고 단언한다는 거야.[4]
마력이란 게 그년의 화냥끼 서린 피에 있는 거야.
오늘밤 그것한테서 자백을 받아낼 거야. 자네가 말하기를,
지난 이틀 동안에, 그것의 침실 열쇠를 복사해 두었다고 했지?
**보솔라** 그랬습니다.
**퍼디난드** 내가 원한 대로.

4 F. L. Lucas가 지적한대로, '사랑에 빠지는 것은 일종의 광기(狂氣)에 버금가는 것'이라는 의미를 담고 있는 부분일 수 있다. 셰익스피어의 〈한 여름 밤의 꿈〉에서 씨시어스(Theseus)가 '미친 자'와 '사랑에 빠진 자'를 동일시하는 것(5막 1장, 4~8행)과 연결시켜 볼 수 있다.

**보솔라** 어찌 하시렵니까?

**퍼디난드** 짐작이 가나?

**보솔라** 아뇨.

**퍼디난드** 허면, 묻지 말아.

내 마음을 읽고 내 의도를 간파할 수 있는 자는,
온 세상을 휘감아 두르는 안목을 가졌고,
그 비밀을 다 보았다고 말할지도 몰라.

**보솔라** 저는 그렇게 생각지 않습니다.

**퍼디난드** 그럼 어떻게 생각하나?

**보솔라** 각하께선 너무 자신의 생각에 골똘하심으로 인해,
스스로 도취하심으로부터 헤어나질 못하신다고요.

**퍼디난드** 자네 손 이리 주게. 고맙네.
내가 자네를 고용하기 전에는, 내게
아첨하는 자들에게만 은급을 주었었지. 또 보세.
상전의 결함을 소리 높여 고해, 이를 받아들이도록
만들어 주는 자가 상전의 파멸을 막아 주는 거야.

[둘 다 퇴장]

## 2장 여공의 침실

[여공, 안토니오, 카리올라 등장]

**여공** 화장대하고 거울을 이리 가져와.
여보, 오늘밤엔 여기서 자면 안 돼.

**안토니오** 실은, 여기서 자게 해 달라고 간청해야겠소.

**여공** 그렇지. 명문가 신사들이 모자 벗고 설설 기며,
자기네 부인들한테 하룻밤 재워 달라고 조르는 일이
풍습으로 굳어지는 때가 조만간 왔으면 해.

**안토니오** 꼭 여기서 자야 되겠소.

**여공** 꼭이라니! 분수 모르는 가짜 주인이라니.[1]

**안토니오** 그래요. 내가 진짜 주인 노릇 하는 건 밤뿐이잖소?

**여공** 나를 어떻게 부리실려고?

**안토니오** 같이 자는 거요.

1 원문은, "You are a lord of misrule." 크리스마스 축제 기간에 평민 중에서 한 사람을 뽑아 하루 동안 가짜 임금 노릇을 하게 하는 풍속이 있었는데, 그 뽑힌 사람을 'lord of misrule'이라고 불렀다.

**여공** 저런, 좋아하는 사람들이 잠이나 자면 무슨 재미가 있어?

**카리올라** 어르신, 제가 여공님과 가끔 같이 자 봐서 아는데, 잠자리가 편하지 않으실 텐데요.

**안토니오** 봐요, 불평하잖소.

**카리올라** 잠을 아주 험하게 주무시거든요.

**안토니오** 그래서 더 맘에 든다니까.

**카리올라** 어르신, 무어 좀 여쭤 봐도 돼요?

**안토니오** 그러렴, 카리올라.

**카리올라** 여공님과 주무실 땐, 왜 노상 그렇게 일찍 일어나세요?

**안토니오** 카리올라, 노동에 시달리는 남자는 시간 가기만 기다리다가, 임무가 끝나면 기쁘거든.

**여공** 당신 입을 막아야겠어. [안토니오에게 입 맞춘다]

**안토니오** 아니, 한 번만? 비너스 마차를 끄는 비둘기가 둘이니, 한 번 더—[여공 다시 입 맞춘다] 카리올라, 언제 결혼할 거야?

**카리올라** 절대로 안 할 거예요.

**안토니오** 에이, 독신으로 산다니! 그런 생각은 버려. 책에 보면, 앵 토라져 달아나던 다프네는 열매 안 열리는 월계수가 되었고,[2] 씨링크스는 파리한 속 빈 갈대로 변했고,[3]

2 다프네(Daphne)라는 요정은 아폴로를 피해 도망가다가 월계수가 되었다.(오비드(Ovid)의 〈변신〉에서)

3 씨링오스(Syrinx)라는 요정은 목신(牧神) 팬(Pan)의 구애를 거절했기에 갈대 더미로 변신하였고, 그 갈대로 목신 팬은 피리를 만들어 불었다.(오비드(Ovid)의 〈변신〉에서)

아나크사레테는 대리석으로 굳어 버렸다지.[4] 반면에,
결혼했거나 연인들을 다정하게 대한 사람들은 은총을 입어,
올리브, 석류나무, 오디나무로 변신했거나,
꽃이나 보석, 아니면 반짝이는 별이 되었다지.[5]

**카리올라** 그건 다 부질없는 시의 세계예요. 하지만, 말씀해 주세요.
청년 셋이 제 앞에 나타나, 슬기롭고, 부유하고, 잘 생긴 걸
제각기 내세울 때, 누구를 선택해야 하죠?

**안토니오** 어려운 질문이야.
그게 바로 파리스의 문제였는데,
분간을 할 수 없었고, 그럴 만한 이유가 있었다네.
사랑스런 세 여신들이 눈앞에 서 있고,
더군다나 완전한 나신(裸身)인데,
어떻게 올바른 판단을 내렸겠어?
온 유럽을 통틀어 가장 예리한 통찰력을 가진 사람도
그분별력이 어두워질 만한 장관이었을 거야.[6]

4 아나크사레테(Anaxarete)는 매몰찬 마음을 가진 처녀였기에, 그녀의 마음을 얻지 못한 청년이 목을 매어 죽은 다음에도 연민의 정조차 느끼지 않았다. 결국 그녀는 대리석으로 변신했다. (오비드(Ovid)의 〈변신〉에서)

5 올리브는 여신 아테나(Athena)—혹은 팔라스(Pallas)—가 창조했다. 오디는 비극적 사랑을 나누었던 피라무스(Pyramus)와 티스베(Thisbe)가 흘린 피로 붉은 색깔을 띠게 되었다. 석류에 얽힌 신화는 확실치 않다.

6 트로이의 왕자 파리스(Paris)는 세 여신들—각기 결혼을 주관하는 헤라(주노), 슬기를 관장하는 아테나(팔라스), 그리고 사랑과 아름다움의 여신 아프로디테(비너스)—의 요청에 의해 가장 아름다운 여신이 누구인지 골라야 하는 상황에 처한다. 가장 아름다운 여인을 만나게 해 주겠다는 아프로디테의 제안에, 파리스는 아프로디테를 지목한다. 이에 마음이 상한 나머지 두 여신은 결국 트로이 전쟁이 일어나도록 하고 만다.

이토록 잘 생긴 두 사람의 얼굴을 보노라니,
내가 묻고 싶은 질문이 하나 머리에 떠올랐어.

**카리올라** 그게 무어죠?

**안토니오** 못생긴 귀부인들은, 거의 다, 자기들보다
더 못생긴 여인들을 시녀로 삼고, 자기들보다 잘 생긴
여자들 거느리길 원치 않는데, 그 이유를 모르겠어.

**여공** 응, 그 설명은 쉬워.
초상화를 기막히게 잘 그리는 사람 화랑 바로 옆에
시원찮은 환쟁이가 살고 싶어 하는 것 보았어?
그건 그자 낯을 깎아 내리고, 장사도 망칠 거야.
말 좀 해 봐. 이렇게 재미난 때 있었어? — 머리가 엉키네.

**안토니오** 이봐, 카리올라, 여기서 빠져나가자구. 그래 가지고,
혼자 말하게 만들자구. 여러 번 이런 장난을 했는데,
그때마다 끔찍이도 짜증을 내더라니까.
화내는 걸 보는 게 재미있어. 조용히, 카리올라.

[안토니오와 카리올라 퇴장]

**여공** 내 머리칼 색이 달라지잖아? 내 머리칼이 회색이 되면,
온 궁정 사람들이 머리를 잿빛으로 분칠하게 할 거야.
나처럼 보이도록 말야. 당신 날 사랑할 이유가 있어요.
당신이 내 마음을 열 열쇠를 찾기도 전에 [여공 뒤에 퍼디난드 등장]

내가 당신을 내 가슴에 들어오게 했잖아.
내 오빠가[7] 조만간 당신 방심하는 순간 닥칠 거야.
오빠가 지금 궁정에 머무르고 있기 때문에, 당신은
당신 방에서 자는 게 좋을 거야. 그렇지만 당신은
두려움 속에 나누는 사랑이 더 달콤하다고 말할 테지.
하지만, 내 오라비들이 당신 자식들 세례 받을 때
대부 노릇 기꺼이 하기 전까진, 더는 아이를 가질 수 없어.
왜 아무 말 없지? [고개 돌리고, 퍼디난드를 본다] 괜찮아.
내가 살 운명이든, 죽을 운명이든, 상관없어요.
어느 쪽이 되었든, 난 군왕답게 할 테니까요.

**퍼디난드** 허면, 빨리 죽어. [여공에게 비수를 건넨다]
부덕(婦德)이여, 넌 어디 갔단 말이냐? 너를 뒤덮어 버린 건
무슨 끔찍한 것이더냐?

**여공** 제발, 제 말씀 좀 들어 보세요.

**퍼디난드** 아니면, 부덕이란 단지 공허한 명목에 지나지 않고,
실재와는 거리가 먼 것이었더냐?

**여공** 오라버니—

**퍼디난드** 아무 말 말어.

7 이 번역의 원전으로 삼은 Brooke와 Paradise 가 편집한 *English Drama : 1580~1642*에는 'my brothers'라고 되어 있다. 그러나 Louis B. Wright와 Virginia A. LaMar가 편집한 단행본(*A Folger Library General Reader's Edition, 1959*)에는 'my brother'로 되어 있다. 그 다음 행에 나오는 인칭 대명사가 'his'이기 때문에, 'brothers' 보다는 'brother'를 택함이 문맥상 타당할 것이다.

**여공** 안 할께요. 오라버니 말 들으려, 귀에 온 정신 쏟을게요.

**퍼디난드** 아, 인간의 이성(理性)이란 얼마나 불완전한 빛이냐—
불가피한 결말을 뻔히 내다보면서도, 애써 그걸
보지 않으려 하게 만드니! 너 하고 싶은 대로 해.
그리고 의기양양해도 좋아. 수치를 벗어날 길은 오로지
수치스런 행위의 한도를 넘어, 수치심을 잊는 것뿐이야.

**여공** 제발, 들어 보아요. 난 결혼했어요.

**퍼디난드** 그랬군!

**여공** 아마 마음에 드는 사람은 아닐 거예요. 그렇더라도—
어쩌죠? 벌써 날고 있는 새 날개 깃털을 뒤늦게 자르려
하시진 않겠죠. 제 남편 만나 보시겠어요?

**퍼디난드** 그래. 바실리스크와 눈길을 맞출 수만 있다면—[8]

**여공** 틀림없이 그를 만나실 인연이 있어 오신 거예요.

**퍼디난드** 올빼미야, 늑대 울부짖음이 네겐 음악이지. 쉬—
내 누이 몸뚱이를 즐긴 네놈이 누구이든—네놈 내 말 들리지?—
네놈 자신을 위해선 내가 네놈이 누군지 모르는 게 좋아.
네놈의 정체를 캐내려 나 여기 왔으나, 지금 와 보니,
그걸 알게 되면, 네놈과 나 둘 다 파멸시킬 정도로 가혹한
결말을 낳을 것 같아. 천만금을 잃더라도, 난 널 보면 안 돼.
허니, 어떻게 해서든 내가 네놈 이름을 알지 못하도록 해.

8 바실리스크(basilisk)는 신화에 나오는 흉물인데, 파충류의 제왕으로서, 눈길을 던지는 것만으로 보는 이를 죽일 수 있는 것으로 알려져 있다.

그런 조건으로, 음욕을 마음껏 채우면서 비참하게 살거라.
— 방탕한 여자야, 네게 주는 말은 이거야. 네 품안에서
네 샛서방놈 늙어 가길 바란다면, 수도생활 하는 은둔자들이
기거하는 것 같은 작은 골방 하나 그놈 위해 지어 주어.
그놈 죽어 자빠질 때까지, 햇빛 못 보게 해.
그놈 개나 원숭이들하고만 이야길 나누게 해. 아니면
그놈 이름이 무언지 발설하지 못할 벙어리들하고만—
앵무새는 근처에 두지 마. 그놈 이름 재깔이면 어떻게 해?
그놈을 정말 사랑한다면, 네 혀도 잘라 버려.
그놈 이름 못 대도록—

**여공** 왜 결혼하면 안 되죠? 이 일 때문에 내가 무슨
새로운 세상이나 풍속을 만들어 내려 한 것도 아닌데—

**퍼디난드** 넌 이제 파멸이야. 그리고 네 남편 놈의
뼈를 감춘 그 육중한 납으로 된 덮개를 챙겨서,
내 심장 싸라고 차곡차곡 개어 놓았어.

**여공** 내 가슴도 아파요.

**퍼디난드** 네 가슴이라 했더냐? 꺼지지 않는 불길로 가득 찬
속 빈 구체(球體)라는 말 아니고선, 그걸 또 무어라 부르랴?

**여공** 오라버니는 이 문제에 대해 너무 엄격해요. 오라버니가
왕손만 아니었더라면, 제멋대로라고 말하고 싶어요.
제 명망은 흔들림이 없어요.

**퍼디난드** 명망이란 게 무언지나 알아? 내 알려 주마. 하긴,

이 훈계도 너무 늦었으니, 별 소용없는 노릇이다만 —
옛날에 '명망'과 '사랑'과 '죽음', 이렇게 셋이 함께
세계 여행을 떠났더란다. 그런데 서로 헤어져서
각기 다른 세 길을 가 보기로 했단다. '죽음'은 자신을
큰 전쟁터나 역병이 만연한 도시에서 만날 거라 했고,
'사랑'은 자기를 만나고 싶으면, 혼수 따위는 아랑곳없는
소박한 양치기들, 혹은 부모들이 아무것도 남기지 않고
세상 떠난 평온한 피붙이들 사이에서 찾아보라 했지.
'명망'이 말하길, "잠깐 기다려. 날 떠나지 마. 왜냐면, 나를
만난 사람이 나와 한번 헤어지면, 다시는 날 찾을 수 없거든."
네 경우도 마찬가지야. 너는 '명망'과 작별을 했고,
그것을 보이지 않게 만들어 버렸어. 그럼, 잘 있거라.
나는 다시는 너를 보지 않을 거다.

**여공** 온 세상의 그 숱한 군왕들 중에서, 왜 오직 나만,
성자성인의 유품처럼 갇혀 있어야 하죠? 난 아직 젊고,
약간의 미모도 갖추고 있다고요.

**퍼디난드** 처녀들 중에는 마녀도 있어. 다시는 너를 안 볼 거다. [퇴장]

[안토니오와 카리올라 등장. 안토니오는 권총을 들고 있다]

**여공** 이 혼령을 보았어?

**안토니오** 그렇소. 우린 발각됐소. 어떻게 들어왔지? 너를 의심할 밖에—

**카리올라** 제발 그러세요. 제 심장을 쪼개 보시면, 제 무죄를 아실 거예요.

**여공** 저 회랑을 통해 들어 왔을 거야.

**안토니오** 이 괴물이 다시 왔으면 좋겠어. 내 입장을 변호하면서,
내 사랑이 정당한 것이라는 걸 이야기해 줄 수 있게 말이야.

[여공 비수를 안토니오에게 보여준다]

어! 이건 무어요?

**여공** 이걸 내게 남겼다오.

**안토니오** 이걸 당신이 자해하는데 쓰라고?

**여공** 하는 짓거리가 그러라는 것 같았어요.

**안토니오** 날도 있지만 손잡이도 있지. 그자에게 돌려 대어,
뾰족한 끝을 그자의 썩은 쓸개에다 박아요.

[안에서 문 두드리는 소리]

이건 또 뭐야! 누가 두드려? 지진이 또 나려나?

**여공** 발밑에 있는 지뢰가 곧 터질 것 같은 기분이예요.

**카리올라** 보솔라에요.

**여공** 자리를 떠요. 아, 이럴 수가!
불의(不義)의 행위라야 이런 가면과 위장이 필요한 것이거늘,
우리가 그 뒤에 숨어야 한다니―

당신 당장 여기를 떠나야 해. 벌써 방책을 세워 놓은 게 있어.

[안토니오 퇴장. 보솔라 등장]

**보솔라** 오라버님이신 공작께서 회오리바람에 휩쓸려,
말 등에 오르셔서는, 로마로 급히 달려 가셨습니다.

**여공** 이 늦은 시각에?

**보솔라** 안장에 앉으시며 말씀하시길,
전하는 이제 끝장이라셨습니다.

**여공** 정말이지 난 거의 그런 상태야.

**보솔라** 무슨 일이십니까?

**여공** 궁정 재무관리 책임을 맡은 안토니오가
내게 한 경리 보고서를 허위로 작성했다오.
내 오라버니께서는 내가 나폴리의 유태인들로부터
차용한 액수에 대해 보증을 서시었는데,
안토니오가 이 어음들을 무효화한 거라오.

**보솔라** 야릇하군! [방백] 이건 술수야.

**여공** 이렇게 되니, 오라버니가 나폴리에서 서명한
보증서가 부도 처리가 된 거요. ―근무자들을 소집해요.

**보솔라** 그리 하겠습니다. [퇴장]

[안토니오 다시 등장]

**여공** 당신이 피신할 곳은 앙코나예요.[9] 거기서
집을 한 채 세내요. 곧바로 귀금속 패물을 보낼 테니—
우리가 처한 상황에선 재빨리 머리를 쓰고 행동해야 해요.
긴 문장 대신에 짧은 음절이죠. 난 이제 당신에게 거짓 죄목을
씌워야 하는데, —타쏘의 표현을 빌리면, '선의의 거짓말'이죠[10]—
그건 우리의 명예를 지키기 위함예요. 쉬! 오고 있어요.

[보솔라와 궁정근무자들 등장]

**안토니오** 제 말씀 좀 들어보시겠습니까?
**여공** 신세 톡톡이 졌어. 덕분에 백만금을 잃게 됐어.
보좌 잘 받은 덕으로 공국민(公國民)들의 원망 듣게 됐지.
경리 점검해야 할 때면 간교하게 칭병이나 하고, 그래서
제출한 영수증에 내가 서명할 때까지 기다렸지. 그러고 나면,
의사 도움 없이 병이 잘도 낫더구만. —제관들,
나 이 사람을 그대들에게 본보기가 되게 할 참이요. 그대들
내 신임을 계속 받을 수 있게 말이요. 이자는 파면이오.

9 앙코나(Ancona)는 이탈리아의 아드리아 해변에 있고, 반도 건너 아말피의 반대 쪽 북쪽에 있다.
10 이탈리아의 시인 타쏘(Tasso)가 쓴 〈속박에서 풀린 예루살렘(*Gerusalemme Liberata*)〉에 나오는 구로서, '*magnanima menzogna*'는 '선의의 거짓말'을 뜻하는데, 극의 문맥상으로는 맞아들어가지만, 타쏘의 작품이 1574년에 출판 되었다는 사실에 비추어 보면, 작품 속에서 전개되는 극적 상황에서는 시대착오적인 인용이라고 볼 수 있다.

제관들이 생각도 할 수 없는 일을 이자가 저질렀기 때문이고,
나 이자를 내 주변에서 멀리하고자 하는 연유로,
굳이 그의 죄상을 공표하지는 않겠소.
[안토니오에게] 다른 데에서 생업을 찾으라.

**안토니오** 저의 몰락을 감내할 준비 되어 있습니다.
사람들이 힘든 한 해를 예사롭게 견뎌내듯, 저 또한
제 몰락 가져온 원인을 탓하지 않으렵니다. 허나,
제게 상서롭지 못한 별이 불가피하게 가져온 결과이지,
그 별의 변덕 때문은 아니라 생각합니다. 아, 주인 섬기는 일이
참으로 덧없고 평탄치만은 않은 노릇이군요! 여러분 보다시피,
이는 바로, 겨울밤에 꺼져 가는 불을 쪼이며 긴 잠에 빠진 자와
다를 바가 없는 것— 그 또한 불 곁을 떠나고 싶지 않을 것이오.
허나, 처음 와 앉을 때처럼 여전히 추운 채 불 곁을 떠나는 거요.

**여공** 장부와 부합하도록, 소유하고 있는 전 재산을 몰수하오.

**안토니오** 저는 전하의 것이옵고, 제가 소유하는
모든 것이 다 당연히 전하의 것이옵니다.

**여공** 자, 그럼, 이 자리에서 그만 물러가오.

**안토니오** 다들 보시오, 여러분. 심신을 바쳐
군왕을 모신 결과가 어떠한 것인지— [퇴장]

**보솔라** 이게 강탈의 한 예로군.
바다에서 떠오른 습기는, 날씨가 고약해지면, 쏟아져 내려,
다시 바다에 들고 만다니까—

**여공** 이 안토니오란 자에 대한 그대들 생각을 알고 싶어.

**궁정근무자 2** 입 벌리고 있는 돼지 머리 보기를 못 견뎌 하더군요.
전하께서 그자가 유태인이라고 짐작하셨을 거라 생각했습니다.[11]

**궁정근무자 3** 전하 자신을 위해서는, 전하께서
오히려 그자를 섬기셨으면 좋을 뻔 했습니다.

**궁정근무자 4** 그랬으면 재산이 더 많으실 뻔 했습니다.

**궁정근무자 1** 시커먼 털벙거지로 귀를 덮고,
돈 달라고 하는 사람들에게는 귀가 잘 안 들린다고 했습니다.

**궁정근무자 2** 그자가 동성연애자라고 말하는 사람도 있었지요.
도대체 여자들에겐 관심이 없었으니까요.[12]

**궁정근무자 4** 재정상태가 확고할 때면,
그자가 얼마나 주제넘은 자부심을 보였었는지![13]
하지만, 이젠 자릴 떠나야지—

**궁정근무자 1** 그래요, 그자의 금 사슬 닦아 낼 빵 부스러기도[14]
그자와 함께 날아 가 버리는 거지요.

**여공** 그만 물러들 가오.

11 화자는 안토니오에 대해 부정적인 언급을 하려, 그가 돼지고기 요리를 싫어했으니 유태인일 거라는 말을 하고 있지만, 실은 안토니오가 그만큼 감성이 예민한 사람이라는 말을 하고 있는 것이기도 하기 때문에, 이 말 자체는 화자가 의도한 바에 어긋나는 극적 효과를 갖는다.

12 여기서도 화자는 안토니오를 폄하하려 이런 말을 하지만, 안토니오는 오로지 여공에게만 애정을 품었다는 사실을 재확인시키는 말이기도 하다.

13 여기서도 안토니오가 재무관리를 빈틈없이 해왔다는 사실을—화자의 의도와는 달리—재확인시키는 효과가 있다.

14 금으로 된 사슬은 궁정 집사장이라는 것을 알리는 표지였다. 금이나 은으로 된 접시를 문질러 닦는 데에 빵 부스러기를 썼다.

[궁정근무자들 퇴장]

이 사람들을 어찌 생각하오?

**보솔라** 이 악당들은 그분이 잘 나갈 때는, 그분의 행운에 빌붙으려,
그분의 때 묻은 등자(鐙子)에 코를 꿰어서는,
경기장의 곰처럼 그분의 노새를 따라가고 싶어 했고,
딸년들을 기꺼이 그분에게 바치길 마다하지 않았을 게고,
장남을 염탐꾼 만들기를 주저하지 않았을 게고,
그분에게 축복을 준 성운(星運) 아래 태어나, 그분의
복장을 입어 볼 자만이 복 받은 자라고 생각했었죠.
헌데, 이 들끓던 이가 떨어져 나간다?
글쎄요, 그 같은 분 다시 찾기 어려울 겁니다.
그분 떠나고, 아첨하는 악당들만 한 패거리 남았군요.
이자들도 같은 운명에 처해야 되겠죠.
군왕들은 아첨꾼들한테 돈으로 보상하죠.
아첨꾼들은 군왕의 잘못을 덮어주고,
군왕들은 그자들의 거짓말을 진실로 받아들이는 거죠.
그게 정의라는 겁니다. 아, 그분 참 안됐어요!

**여공** 안됐다고? 재산깨나 모았는걸?

**보솔라** 정말이지, 너무 정직했어요.
주피터가 부(富)의 신 플루토를 누구에게 보낼 때,
하느님이 보내시는 부는 천천히 온다는 걸 알리려

절름거리며 오지요. 그러나 악마의 심부름으로 올 땐
서둘러서 화급하게 온답니다. 순간의 변덕스런 기분에
전하께서 얼마나 소중한 보석을 던져 버리시어,
그분의 진가를 알아 볼 사람에게 좋은 일을 하셨는지
보여 드리지요. 그분은 출중하고 지극히 성실한 궁신이자,
자신의 값어치를 제대로 깨닫지 못하는 것을 타기(唾棄)하면서도,
그걸 자인(自認)하는 것을 금기시(禁忌視)한 군인이었죠.
그분이 갖춘 내면의 덕과 외적인 모습으로
훨씬 나은 운을 누릴 만했죠.
그분이 말씀할 땐 그 내용에만 집중하였지,
과시하려는 태도가 아니었죠.
그분의 가슴은 완벽함으로 채워졌었으나,
보기에는 호젓한 대화 나누는 방 같았죠.
그만큼 조용했어요.

**여공** 하지만 출생이 비천한데—

**보솔라** 인품보다는 가계(家系)를 따지시다니,
전하의 인격을 스스로 격하시키시렵니까?
그분을 다시 주변에 두고 싶으실 겁니다.
아세요, 정직한 참모 하나가 군왕에게는
샘 가까이 심어 놓은 삼나무 같은 것임을—
샘은 나무의 뿌리를 적셔 주고, 고마움 느끼는 나무는
샘에게 그늘을 지어 보은을 하지요. 그리 안 하셨어요.

그토록 가변 무쌍한 군왕의 후의(厚意)에 매달리느니,
차라리 염탐꾼 한 놈이 갖는 인정의 끈으로 묶어 놓은
정상모리배 두 놈의 썩은 방광에 의지해,
버뮤다 섬으로 헤엄쳐 가겠습니다.[15]
안토니오, 잘 가시오! 악의에 찬 세상이
그대를 몰락시키려 하니, 그대에게 악운이 닥쳤다고
말하기는 아직 이르오. 왜냐면 그대의 실각은
그대의 인덕 때문에 일어난 것이기 때문이요.

**여공** 아, 하는 말이 음악처럼 들리오!

**보솔라** 그렇습니까?

**여공** 그대가 말하는 그 사람이 바로 내 남편이오.

**보솔라** 내가 꿈을 꾸는 건가? 이 각박한 시대에
허깨비 같은 부(富)나 덧칠한 영예를 훌훌 떠나,
인격 하나만 보고 한 사람을 선택하는 것 같은
놀라운 일이 있단 말인가? 있을 수 있는 일인가?

**여공** 그 사람하고 아이 셋을 두었다오.

**보솔라** 복 받으신 분! 전하께서는 사사로운 결혼의 침상을,
평화를 낳는 소박하고 아름다운 곳으로 만드셨습니다.
의심할 나위 없이, 직함 부여받지 못한 숱한 신학도들

15 이 작품에 그려진 이야기가 전개되는 역사적 시점에는, 버뮤다 열도는 알려져 있지도 않았었다. 그러나 1백 년 뒤 웹스터가 이 작품을 썼을 때에는, 지리상의 발견으로 인해 많은 사람들의 관심거리였다.

이런 선행을 하신 전하 위해 기도할 것이며, 아직은
이 세상에서 인덕에 근거하여 신분상승이 이루어짐을
기꺼워할 것입니다. 지참금 갖추지 못한 이 땅의 처녀들은
전하를 본보기 삼아, 그들 또한 부유한 남편 맞을 수 있다는
희망을 갖게 될 것입니다. 병사들이 필요하시다면,
투르크인들과 무어인들이 기독교인으로 개종할 것이며,
이 일 하나만으로 전하를 성심껏 지켜 드릴 것입니다.
마지막으로, 이 시대에 홀대 받는 시인들은,
그 신묘한 힘 가진 전하의 흰 손이 이끌어 올린
한 사나이가 성취한 영광을 기리는 가운데,
전하의 무덤에서도 이를 찬양할 것이오며,
살아있는 군왕들이 궁정에서 누리는 것보다
더한 영광을 전하는 무덤에서 누릴 것입니다.
안토니오로 말할 것 같으면, 그분의 명성은,
더 이상 팔 가문의 문장(紋章)이 없어지더라도,[16]
수많은 붓끝에서 흘러넘칠 것입니다.

**여공** 이 정겨운 말에서 위안을 얻는 만큼,
비밀 또한 지켜졌으면 하는 바람이요.

**보솔라** 아, 제 주군의 비밀은 제 가슴에 묻어 두오리다.

16 영국 왕실에서 운영하던 '문장국(紋章局, The Heralds' College)'은 문장(coats of arms)를 남발하는 것으로 악명이 높았다. 이런 행태는 상업적인 성격을 갖는 추태로 지탄을 받았다. 이탈리아를 배경으로 하는 이 극에서 영국에 있었던 역사적 사실을 언급하는 것도 시대착오의 한 예이다.

**여공** 내 금화와 보석을 가지고 그분 뒤를 좇아요.
앙코나로 피신하기로 돼 있어요.

**보솔라** 그렇군요.

**여공** 며칠 안에 나도 거기로 뒤따라 갈 거요.

**보솔라** 잠깐— 제 생각 같아서는, 전하께서는
앙코나에서 일곱 마장도 채 안 떨어진 데 있는
로레토 성녀 성지로 순례길에 오르시는 걸로
위장하심이 좋을 듯합니다.[17] 그렇게 하심으로써,
전하께선 명분을 갖추신 채 공국(公國)을 떠나실 수 있고,
평소대로 수행인원을 거느림으로써, 전하의 도피행이
군왕다운 행차로 보일 것입니다.

**여공** 나 그대가 이끄는 대로 따르리다.

**카리올라** 제 생각으론, 여공님께서 루카의 온천장이나,
아니면 독일에 있는 온천을 찾으시는 게 나을 것 같아요.
솔직히 말씀 드리자면, 저는 이처럼 믿음을 희롱하는—
순례를 가장하는 것이 마음에 안 들어요.

**여공** 넌 미신이나 믿는 바보야! 곧 떠날 채비를 해.
지나간 슬픔일랑 그저 담담하게 삭이면 돼.
앞으로 올 슬픔은— 피할 방도를 찾아야지.

17 원문에서의 'Our Lady of Loretto'는 앙코나에서 15마일 되는 곳에 있는 성지로서, 로레토라는 이름의 동정녀를 기리는 순례자들이 찾던 곳이다. 아말피의 여공이 종교적 순례를 표방하고 이곳을 찾는 것은 신성모독에 해당하는 행위일 수 있다.

[여공과 카리올라 퇴장]

**보솔라** 술수에 능한 모사꾼은 악마가 마련한 푹신한 모루야.
온갖 악행을 꾸며내더라도, 모루 위를 두드리는 소리는
안 들리거든— 증거를 잡기 위해, 지금처럼, 여자의 내실을
엿볼 수도 있어. 이제 남은 일은, 공작한테 일러바치는 것
말고 무엇이 있어? 아, 이 비열한 염탐꾼 노릇이라니!
뭐, 세상에 있는 직업이란 직업이 다
이득을 얻거나 아니면 치하를 받으라고 있는 거지—
이제 이만한 성과 거뒀으니 내 출세 길도 열릴 거야.
허고, 실제보다 부풀려 전하는 자는 칭찬도 받게 돼 있어. [퇴장]

# 3장 로마

[추기경, 퍼디난드, 말라테스테, 페스카라, 실비오, 델리오 등장]

**추기경** 그러면 내가 군인이 돼야 한단 말인가?
**말라테스테** 황제께서는, 성하께서 이 존귀한 성직을 맡으시기 전,
얼마나 출중한 무인이셨는지 들으시고는, 무운(武運) 자랑하는
페스카라 후작, 명망 있는 라노이와 함께 작전에 임하도록 명하셨습니다.[1]
**추기경** 영예롭게도 프랑스 왕을 생포한 그분 말인가?
**말라테스테** 바로 그분입니다. 나폴리에서 새로이
방어벽을 구축할 작전 계획이 여기 있습니다.

[추기경과 마라테스테 이야기 나눈다]

1 '황제'는 스페인 황제이자 신성 로마 제국의 황제인 카룰로스 5세이다. 페스카라(Pescara)는 실제 역사상의 퍼디난드의 처남이고, 파비아(Pavia)의 사령관이었다. 라노이(Charles de Lannoy)는 벨지움 태생으로, 카룰로스 5세 휘하의 장군이었는데, 1525년 파비아 전투에서 프랑스 왕 프란시스 1세를 제압했다. 프란시스 1세는 파비아 전투에서 자신의 검을 라노이에게 바치고 항복한 것으로 알려져 있다. 그러나 이것은 이 극에 그려진 사건이 있은 후 대략 20년 후에 일어난 일이다. 시대착오의 또 한 예이다.

**퍼디난드** 이 거드럭대는 말라테스테 백작도 나 보기엔
한 자리 차지한 모양일세.

**델리오** 안 그렇습니다, 각하. 병적부의 여백에
복무를 자원한 귀족이라 참고로 적혀 있는 정도지요.

**퍼디난드** 군인이 아니라고?

**델리오** 치통을 완화하려 화약을 입에 물어 본 적은 있죠.[2]

**실비오** 이 사람이 군대 집결지에 오는 목적은
신선한 쇠고기와 마늘을 먹으려는 데 있고,
그 냄새가 사라질 때까지만 전선에 머물다가
곧바로 궁정으로 돌아가는 겁니다.

**델리오** 도시 연대기에 기록된 최근에 있었던 군사 작전은 모두 읽었고,
백랍(白鑞) 그릇 제조인 둘을[3] 고용해, 전투 묘사에만 골몰한답니다.

**실비오** 그렇다면 교과서대로 싸우겠네?

**델리오** 책력(冊曆) 보아 가면서겠죠—
길일(吉日)을 택하고 안 좋은 날은 피하면서 말이오.
저게 저자 정부(情婦)가 준 목도리라오.

2 이 말은 말라테스테가 전장에는 가 본 적도 없다는 표현이다. 치통을 완화하려 화약의 재료인 초석(硝石)을 쓴 때가 있었다.

3 C. F. Tucker Brooke와 Nathaniel Burton Paradise가 편집한 *English Drama, 1580~1642*에는 'two pewterers'로 되어 있고, Louis B. Wright와 Virginia A. LaMar가 편집한 이 극의 단행본(*A Folger Library General Reader's Edition*)에서도 그렇다. 그런데 *Norton Anthology*에서는 'two painters'로 되어 있다. 'pewterers'이건 'painters'이건, 실제로 전투에는 참가해 본 적이 없으면서도, 마치 그런 경험이 있기라도 한 양, 그림이나 조각(彫刻)을 통한 전투 묘사를 지시한다는 의미에서는 별반 차이가 없다.

**실비오** 그래요. 저 천 조각을 위해선 못할 일 없다 합디다.

**멜리오** 적에게 저걸 빼앗기지 않으려, 전장에서 도망칠 거요.

**실비오** 화약이 저 목도리에 배인 향(香)을 망쳐 버릴까 걱정이 많다오.

**멜리오** 한번은 화란인 하나를 허풍쟁이라 불렀다가, 머리를
한 대 맞았는데, 마치 총자루처럼 머리에 구멍을 냈지 뭐요.

**실비오** 차라리 화약에 불붙이는 구멍이었으면 좋았을 걸.
주렁주렁 늘어진 말안장 덮개인데,[4]
궁중이 이사할 때만 필요한 것 아니오?

[보솔라 등장하여 퍼디난드와 추기경에게 말한다]

**페스카라** 보솔라가 도착했군! 용무가 무얼까?
추기경들 사이에 분란이 있음이야.
지위 높은 분들 사이의 파벌 싸움은
꼭 여우들 같아. 머리는 제 각각 다른 방향인데,
꼬리는 불붙은 채 달려 나가니, 나라 전체가
이로 인해 파멸로 치닫는 거요.[5]

**실비오** 저 보솔라는 어떤 자야?

**멜리오** 내가 파두아에 있을 때 알게 되었는데,

4 외양만 그럴듯한 쓸모없는 인간이라는 뜻.

5 『구약성경』「사사기」 15장에서 삼손은 여러 마리 여우의 꼬리를 서로 묶어 불을 붙여, 여우들이 각기 다른 방향으로 뛰게 함으로써 필리스틴 사람들이 일궈 놓은 곡식밭을 다 타버리게 한다.

참 희한한 걸 연구하는 학자지— 이를테면,
헤라클레스의 몽둥이에 불거져 나온 매듭이 몇 개였나,
아킬레스의 턱 수염은 무슨 색깔이었나, 아니면
헥토르가 치통으로 고통 받지는 않았나— 무어 이런 거야.
씨저의 코가 정말로 대칭을 이루었는가를 편자 박는 뿔로
확인해 보려 눈이 뿌옇게 될 때까지 연구했다네. 헌데,
이 모두가 심오한 학문 이룬 자란 명성 얻기 위함이었다네.

**페스카라** 퍼디난드 공을 좀 보게.
저 사람 눈에는 샐러맨더가 살아있어,
활활 타오르는 불길마저 비웃는다네.[6]

**실비오** 저 추기경은 뒤틀린 심사 때문에, 미켈란젤로가[7]
환한 얼굴 그려 놓은 것보다 자주 얼굴을 험악하게 찡그린다네.
폭풍이 오기 전엔 못된 돌고래 하듯 코를 치켜 올리지.

**페스카라** 퍼디난드 공이 웃는구먼.

**델리오** 연기 내기 전에 번쩍이는 공포의 대포처럼—

**페스카라** 정계의 거물들 틈에서 시달려야 하는 자네야말로
죽었는지 살았는지 모를 고통 겪을 것 아닌가?

**델리오** 그런 괴기스런 침묵 속에서 마녀들이 주문을 웅얼대지.

**추기경** 아니, 그럼, 햇살과 비바람을 피하기 위해,

6 샐러맨더는 몸이 극도로 차갑고 습기가 많아 불 속에서도 살 수 있다고 믿었던 전설상의 동물인데, 도마뱀의 형상을 하고 있는 것으로 상상했다.

7 Michelangelo Bunarroti(1475~1564)는 이 작품의 극적 상황의 시점보다 나중에 활동한 사람이므로, 이 또한 시대착오적 언급이다.

누이가 신앙을 마치 덮개로 이용한단 말이오?
**퍼디난드** 바로 그래서 저주 받을 노릇이지. 그것의 죄와
미모가 뒤섞여 나병처럼 추악해. 희면 흴수록 더 끔찍해.[8]
그것의 빌어먹을 자식들이 세례나 받았는지 모르겠어.
**추기경** 즉시 앙코나 정부에 요청을 해서
그것들을 추방하도록 해야겠어.
**퍼디난드** 아우는 로레토로 간다지?
난 자네의 의식에 참석 못할 거야. 그럼, 이만—
[보솔라에게] 그것이 먼젓번 남편하고 난, 내 어린 조카,
아말피 공작에게 편지를 써서,
그 어미가 얼마나 정숙한지 알려 주어.
**보솔라** 그리 하겠습니다.
**퍼디난드** 안토니오라—
먹물하고 계산도구 냄새만 나던 종놈—
회계감사 때 말고는 신사처럼 보이잖던 놈 —
[보솔라에게] 자, 즉시 가서,
말을 넉넉히 몰고 나와, 여닫다리에서 날 만나.

[모두 퇴장]

8 흰 얼굴을 흔히 나병과 결부시키는 경우가 많았다. 웹스터의 다른 비극 〈백색의 악마(*The White Devil*)〉에서 여주인공 비토리아가 뛰어난 미모를 자랑하는 극악한 여인이라는 사실을 기억하면 좋을 것이다.

## 4장 로레토의 성당

[성지 순례자 두 명 등장]

**순례자 1** 이보다 더 웅장한 성당을 본 적이 없어.
헌데, 나 많은 델 가 보았거든—
**순례자 2** 아라곤의 추기경이 오늘 추기경 관을 벗는다지—
추기경의 누이 여공께서도 순례의 예를 표하려
도착했다 하고— 의식이 볼 만 할 거야.
**순례자 1** 그야 물론이지. 오시는군.

[추기경이 무장하는 의식 진행된다. 십자가, 추기경의 관(冠), 예복, 반지 등을 제단에 바치고, 검, 투구, 방패, 박차 등을 착용한다. 이어서 안토니오, 여공, 그리고 그네들의 자식들이 제단으로 다가가지만, 추기경과 앙코나 정부의 명에 의해 그곳으로부터 추방당하는 모습을 무언극으로 보여 준다. 이 의식이 진행되는 동안 엄숙한 음악에 맞추어 다음의 노래를 신부 여러 명이 부른다.]

무훈과 영예가 그대 이야기를 장식하여

그대의 명성은 영원한 영광을 누리리!
불운은 항상 그대를 비켜 가고,
액운은 그대 가까이 오지 않으리!
나 홀로 그대 칭송하는 노래 부르리니,
그대 용기가 영예로 이끌어 올리리.
신성을 추구하던 그대의 학문은
이제 무사의 수련으로 바뀌었도다.
그대 벗어 놓은 성직자 옷 밀어 버리고,
무훈으로 그대 기예의 정점을 이루소서.
그것이 그대를 드높이는 길이러니.

범접 못할 고귀한 이름이여, 이처럼 칭송되었으니,
전운 휘몰아치는 벌판에서 기치 높여 휘하 이끄소서!
무장으로서 걸어야 할 길마다 행운만이 깃들기를!
책략과 무력에서 언제나 탁월한 모범을 보이소서!
승리가 그대 가까이 있으며, 그대 세우는 무훈에 칭송뿐이기를!
그대의 머리에는 승리의 월계관 씌워질 것이며,
축복이 소나기처럼 쏟아져 내리기를![1]

1 7행부터 24행까지에 해당되는 부분은, 1623년에 출판된 판본에서 극작가 자신이 쓴 것이 아니라고 명기되었다. 실제로 이 '노래'는 극의 전개상 적절치도 않을 뿐 아니라, 역자가 읽기에도 범용한 작시이다.

[순례자 둘 남기고 모두 퇴장]

**순례자 1** 참으로 예상치 못했던 일이야! 그처럼 지체 높은 여공이
그토록 신분이 낮은 사람과 혼인하리라고 누가 생각이나 했겠어?
하지만, 추기경께서도 너무 가혹한 결정을 내리셨지.
**순례자 2** 추방을 당했구먼.
**순례자 1** 하지만 앙코나의 정부가 무슨 권한으로,
임의로 처신할 수 있는 통치자를 심판할 수 있는지 묻고 싶어.
**순례자 2** 나름대로 의결을 할 수 있는 정부이고, 게다가
여공의 오랍동생이 입증하였듯, 여공의 행실을 전해들은 교황께서는,
여공이 섭정으로 다스리던 공국(公國)을 교회 관할로 흡수하신 걸세.[2]
**순례자 1** 그런데 무슨 법적 근거로?
**순례자 2** 물론 있을 수가 없지. 그 오라비 조종일 밖에—
**순례자 1** 여공의 손가락에서 그렇게 광폭하게 빼어낸 게 무언가?
**순례자 2** 결혼반지라네. 복수를 할 양으로,
그걸 곧 제단에 바치겠다고 맹세를 하더군.
**순례자 1** 아, 안토니오!
사람 하나를 우물에 던져 넣으면, 누가 아무리 그를 건져내려 해도,
몸무게 때문에 어쩔 수 없이 바닥에 빠지고 말지. 자, 이만 자릴 뜨세.

2 3막 3장 67~69행에서 분명히 밝혀진 것처럼, 여공에게는 첫 번째 결혼으로 낳은 아들이 있고, 그가 아말피 공국의 법적인 통치 계승자이다. 다만, 그가 아직 미성년이기 때문에, 여공에게는 아들이 성년에 이를 때까지 섭정, 아니면 대리 통치자로서의 권리만 있을 뿐이다.

운명이란 게 이런 결론을 내릴 수밖에 없도록 하지.

불운한 놈 하나 망치려 온갖 일들이 꼬여간다고—

[두 사람 퇴장]

## 5장 앙코나 부근의 길

[안토니오, 여공, 아이들, 카리올라, 하인들 등장]

**여공** 앙코나에서 추방이라!

**안토니오** 그렇다오. 권력 막강한 분들의 입김에
얼마나 큰 힘이 번득이는지 알지 않소.

**여공** 우리 일행이 이처럼 초라하게 몇 안 남았나요?

**안토니오** 이 보잘것없는 사내들은, 비록 그대가 중용친 않았어도,
그대와 운명을 함께 하겠다 하오. 허나 약삭빠른 철새들은,
이제 날을 만하니, 다 떠났소.

**여공** 잘들 한 거죠. 이 일이 죽음을 떠올리게 한다오.
의사들도, 손에 돈이 그득해지면, 환자들을 포기하잖소?

**안토니오** 그게 바로 세상인심 아니겠소?
운세가 기울어진 데로부터 아첨꾼은 물러나고,
지반이 가라앉는 곳에는 집짓기를 멈춘다오.

**여공** 간밤엔 아주 이상한 꿈을 꾸었다오.

**안토니오** 무슨 꿈?

**여공** 내가 의식 때처럼 관(冠)을 쓰고 있는 것 같았는데,
거기 박힌 금강석이 갑자기 진주알로 바뀌었어.
**안토니오** 내 해몽은 이래요. 당신 곧 울 일 생길 거요.
내 생각에 진주알은 눈물을 의미하는 거니까.
**여공** 들판에 사는 새들은 자연이 베푸는 혜택을 만끽하며
우리들보다는 행복해. 그것들은 마음대로 짝을 고르고,
봄 되면 마음껏 짜릿한 기쁨을 노래하거든.

[보솔라 편지 들고 등장]

**보솔라** 만나 뵙게 되어 다행입니다.
**여공** 내 오라버니가 보냈나?
**보솔라** 그래요. 여공님의 오라버니 퍼디난드 공께서
사랑과 건안의 축수를 보내십니다. [편지를 건넨다]
**여공** 그대는 음흉한 음모를 감추는 거야. 시커먼 걸 희게 보이려 하다니—
이것 봐, 폭풍우 일기 전에 바다가 평온하듯, 거짓으로 찬 가슴은
해치기로 작정한 사람들에게 좋게 말을 하지.
[편지 읽는다] "안토니오를 내게 보내라. 업무상 그자 머리를 원한다."
참 교묘한 말 돌리기야! 오빠가 원하는 건 당신 자문이 아니라,
당신의 머리야. 다시 말해, 당신 죽기 전엔 잠을 잘 수 없다는 말이야.
그리고 여기 장미를 흩뿌려 놓은 함정이 있어. 들어 봐. 교묘해.
"나폴리에서 진 여러 빚 변상을 네 남편에게 요구할 수 있어. 하지만,

거기 대해선 걱정 말라 해. 그의 돈보다는 그의 심장을 더 갖고 싶어."
나도 그럴 거라고 믿어.

**보솔라** 무얼 믿으신다는 겁니까?

**여공** 오라버니는 그분에 대한 내 남편의 사랑을 믿지 않기 때문에,
이 사람의 심장을 두 눈으로 보기 전엔, 절대로 자기를 사랑한다고
믿지 않으리라는 걸— 제아무리 악마라 해도,
수수께끼 같은 말로 나를 혼미케 하지는 못해.

**보솔라** 제가 전해 올리는 다정함과 사랑에 넘치는
그 고귀하고 너그러운 친화의 제안을 내치시는 겁니까?

**여공** 저들의 친화 제안은 교활한 왕들이 하는 것과 다를 바 없어.
힘과 능력을 길러 나중에 나를 파멸시키려는 거지. 그렇게 말해.

**보솔라** [안토니오에게] 그리고 당신이 하고픈 말은?

**안토니오** 이렇게 전해 줘요. 난 가지 않겠다고.

**보솔라** [편지를 가리키며] 이건 어쩌죠?

**안토니오** 내 처남들이 사냥개들을 풀어 놓았는데,
그것들에 재갈을 물렸다고 듣기 전까지는,
제 아무리 교활한 방법으로 위장을 해도, 우리의
적들의 뜻에 좌우되는 화친은 안전하지가 않아요.
난 그 사람들에게는 안 가겠소.

**보솔라** 이게 당신 출신 성분을 보여주는 거요. 아무리 사소한 일도
용렬한 자를 두려움으로 이끄는 것이니, 자석이 철을 당기는 거와 같소.
잘 가시오. 곧 무슨 전갈을 받을 거요. [퇴장]

**여공** 복병이 있을 것 같아. 그러니, 제발 내 말대로,
당신 큰 아이 데리고 밀라노로 피신해요. 이 얼마 안 되는
남은 사람들이 똑같이 함께 움직이는 건 모험이야.

**안토니오** 그렇게 하는 게 안전할 것 같소.
내 생명의 정화(精華), 잘 가오. 우리 헤어져야 하니,
하늘이 하시는 일일 것이오만, 이는 다만 기술 좋은 공인(工人)이,
괘종시계나 손목시계가 고장 났을 때, 손보아 고칠 양으로
분해하는 것과 마찬가지일 거요.

**여공** 죽은 당신 보는 거와, 당신과 헤어지는 거와,
어느 쪽이 나은 건지 난 알 수가 없어. 아들아, 잘 가.
네가 얼마나 비참한 지경에 있는지 네가 알지 못하는 게
차라리 다행이야. 우리가 읽어서 터득한 지식은
슬픔이 무언지 가르쳐 주거든. 영원한 안식의 세계에선
우리가 이렇게 헤어지지 않길 바래요.

**안토니오** 여보, 마음 굳게 먹어요.
인내야말로 고결한 강인함을 낳는 것 아니겠소?
그러니 우리가 겪는 역경일랑 생각지도 말아요.
사람도 계피처럼 으깰수록 향(香)이 더해진다오.

**여공** 노예 될 숙명으로 태어난 러시아인처럼,
폭압을 견뎌냄을 미덕으로 여겨야 하나요?
하지만, 아 하늘이시여, 이 일도 그대가 하시는 일—
내 어린 아들이 팽이 치는 걸 본 적 있는데, 나를

팽이와 견주어 보곤 했어. 하늘이 휘두르는 채찍 말고는 나를 똑바로 서서 가게 한 건 없어.

**안토니오** 울지 말아요. 하늘은 무(無)에서 우릴 만드셨고, 우리는 다시 무(無)로 돌아가려 버둥대는 거라오. 카리올라, 잘 가. 그리고 당신의 따스한 포옹을— 나 만약 당신을 다시는 못 본다면, 어린 것들에게 좋은 엄마 돼 줘요. 그리고 그 호랑이로부터 지켜 줘요. 잘 가오.

**여공** 다시 한 번 당신 얼굴 보여 주어. 당신 방금 한 말은 죽어가는 아버지로부터 나온 말 같아. 당신의 입맞춤도— 어느 은둔 수도사가 죽은 이의 두개골에 하는 걸 본 적 있는데— 그것보다도 차가워.

**안토니오** 내 심장은 무거운 납덩어리가 되었으니, 그걸 던져 내가 처한 위험의 깊이를 알 수 있을 거요.[1] 잘 가오.

[안토니오와 그의 아들 퇴장]

**여공** 내 월계관은 다 시들었어.

**카리올라** 보세요, 전하. 무장을 한 무리가 우릴 향해 오고 있어요.

**여공** 그래, 잘 됐어. 운명의 여신이 돌리는 수레바퀴에 얹힌 군왕들이 많으면, 그 무게로 바퀴가 빨리 돌게 되지.

1 뱃사람들은 납덩이를 바다에 던져 넣어 그 소리로 물 깊이를 가늠했었다.

내 파멸이 급격히 왔으면 좋겠어.

[복면한 보솔라 호송인 한 명과 등장]

날 데리러 온 거지? 안 그래?
**보솔라** 그렇소. 다시는 남편을 볼 수 없소.
**여공** 하늘의 천둥소리를 흉내 내는 네놈은 무슨 악마이더냐?
**보솔라** 그게 두렵소? 멍청한 새들을 놀라게 해 밀밭에서
날아가게 하는 소리하고, 그것들을 그물로 유인하는 소리하고,
어느 쪽이 더 고약한 건지 내게 말해 주었으면 해요.
나중 소리를 너무 들으셨소.
**여공** 아, 이럴 수가! 녹슬고 화약으로 꽉 찬 대포처럼,
내가 산산조각으로 날아가 버릴 수는 없나? 그래, 어느 감옥이야?
**보솔라** 감옥이 아니오.
**여공** 그럼, 어디로?
**보솔라** 당신 궁전으로.
**여공** 나 듣기론, 케론이 젓는 배는 모든 사람들을 그 암울한
호수 너머로 건네어 주지만, 아무도 되돌려오지 않는다지.[2]
**보솔라** 당신 오빠들은 당신 안전하길 바라고 연민으로 대하오.
**여공** 연민이라! 사람들은 그따위 연민으로 꿩이나 메추리를

2 그리스 신화에서, 죽은 자들의 영혼을 배에 실어 하계의 강 스틱스(Styx)를 건너가도록 해 주는 사공이 케론(Charon)이다.

살게 놓아두지. 잡아먹기에는 아직 살이 덜 붙었을 때 말야.

**보솔라** 당신 아이들이오?

**여공** 그렇다오.

**보솔라** 말은 할 줄 아오?

**여공** 아직은. 하지만 이것들 저주 받고 태어났으니,
저주하는 걸 제일 먼저 배우도록 할 거요.

**보솔라** 무슨 말씀을! 그 천하고 신분 낮은 친구일랑 잊어요.

**여공** 내가 남자라면, 그 가면을 당신 면상에 때려 박을 텐데.

**보솔라** 출신 비천하기라니—

**여공** 그 사람 출생이 보잘것없다 해도,
한 남자가 하는 실제 행동이 그 사람의 인덕을
가늠하는 척도가 될 때, 가장 다행스런 거야.

**보솔라** 쓸데없는, 빌어먹을 놈의 인덕!

**여공** 묻겠는데, 누가 제일 위대해? 대답할 수 있어?
슬픈 이야기가 비탄에 잠긴 내게 어울리지. 하나 들려줄게.
연어 한 마리가 바다로 헤엄쳐 가다가, 돔발상어를 만났는데,
돔발상어가 연어에게 이렇게 거친 말로 시비를 걸어왔다네.
"네 어찌 주제넘게 우리 지체 높은 물살에 감히 든 거야?
탁월한 궁신도 아니고, 그저 날씨 고요하고 차분한 시절 골라,
얕은 강에서나 살고, 머저리 멸치나 새우들하고나 어울리는 것이?
헌데 감히 우리 돔발 나으리들 곁을 경의도 표하지 않고 스쳐가?"
연어가 말하기를, "아, 언니, 마음 가라앉히세요.

우리 둘 다 그물을 벗어난 걸 주피터께 감사드려요.
고기잡이의 망태에 담겨 사람들 볼 때까지는
우리 값어치가 얼마나 되는지 알 수가 없다오.
시장에선 내가 값이 더 나갈지도 몰라요.
내가 요리사와 불에 제일 가까울는지는 몰라도."
그러니 신분 높은 사람들에게 이런 교훈이 적용될 거야.
"인간은 가장 비참한 지경에 있을 때, 이따금 높이 평가된다."
자, 그럼, 원하는 데로 데리고 가. 난 고통을 견딜 준비 돼 있어.
횡포 부리는 사람의 변덕대로 이리저리 휘둘려도 좋아.
깊은 골짜기가 있으면 가까이에 큰 언덕이 없을 리 없지.

[모두 퇴장]

아 말 피 의 여 공

# 4막

*The Duchess of Malfi*

# 1장 아말피 궁전

[퍼디난드와 보솔라 등장]

**퍼디난드** 갇혀 사는 내 누이 여공은 어찌하고 지내는가?

**보솔라** 품위를 지키시면서요. 소상히 말씀 드리지요.
오래 친숙한 것인 양 슬픔을 견뎌 내시고,
참담한 고통을 피하기보다는
차라리 그 결말을 보고프신 것 같으니,
이는 하도 고결한 태도이신지라,
곤경이 그 위엄을 더하는 듯합니다.
여공님의 미소보다는 그분의 눈물에서,
사랑스러움의 형상이 더욱 완연하게
드러나는 것을 보실 수 있을 겁니다.
몇 시간이고 계속해서 상념에 잠기시고는 하는데,[1]

1 원문은 "She will muse four hours together"라고 되어 있다. 그러나 역자의 생각으로는, 'for'가 'four'로 애초에 잘못 표기됨으로써, 모든 텍스트에 그렇게 나타난 것이 아닌가 싶다. 꼭 '네 시간'이라고 못 박을 필요가 있을까? 'for hours together', 즉 '몇 시간이고 지속적으

제 생각엔, 그분의 침묵이
말씀보다 더 많은 이야기를 하는 것 같습니다.

**퍼디난드** 그것의 우울증이 여보란 듯 이상한 오기로 강화된 것 같아.

**보솔라** 그런 것 같습니다. 그리고 이 감금상태는
—영국 마스티프종 개들이 묶여 있으면 사나워지듯—
여공으로 하여금 그분께 차단된 그 기쁨들에
열렬하게 집착토록 만들어 줍니다.

**퍼디난드** 저주받은 것! 더 이상 다른 사람 가슴 속을
들여다보려 하지 않겠어. 내가 말한 대로 전해 줘. [퇴장]

[여공과 시녀들 등장]

**보솔라** 전하께 평온 깃드소서!

**여공** 내게 그런 건 없어. 이봐, 왜 마음에 품은 독약을
금과 설탕으로 덧입히는 거야?

**보솔라** 오라버니 퍼디난드 공께서 찾아 오셨는데,
다시는 전하를 보시지 않겠다는 엄숙한 맹세를
언젠가 경솔하게 하셨기 때문에, 밤에 오시겠다는
말씀을 전하라 하셨습니다. 그리고 전하의 방에는
횃불이나 촛불을 밝히지 말라 간곡히 청하십니다.

로'라는 표현이 '네 시간을 잇달아(four hours together)'라는 표현보다 자연스럽고, 그 의미도 확실해 진다.

전하의 손에 입 맞추고 화해를 청하실 겁니다.
그러나 맹세하신 바 있기에, 대면을 꺼리십니다.

**여공** 좋으실 대로— 불들을 치워— 오는군.

[밝히는 불 들고 시녀들 퇴장]

**퍼디난드** 어디 있니?

**여공** 여기요, 오빠.

**퍼디난드** 이 어둠이 네게 어울린다.

**여공** 용서해 주세요.

**퍼디난드** 이미 했다. 제일 명예로운 복수는,
죽여도 좋을 때 용서해 주는 거니까. 새끼들은 어디 있어?

**여공** 누구 말예요?

**퍼디난드** 네가 낳은 애들 말야. 우리 국법은
사생아와 적법한 자식을 엄연히 구별하지만,
연민 가득한 자연은 그 둘을 구분하지 않거든.

**여공** 이런 말 하려고 온 거예요?
교회 성사(聖事) 중 하나를 모독하면,
지옥에서 울부짖을 일 면키 어려워요.

**퍼디난드** 늘 이런 어둠 속에 살았으면 좋았을 것을—
헌데 넌 너무 환한 데 살았어.[2] —그건 그렇고,
난 너하고 화해하려 온 거야. [죽은 남자의 손을 건네며] 이 손은

네가 사랑을 맹세한 자의 것이야. 거기 낀 반지를 네가 주었지.

**여공** 사랑을 다해 입 맞추겠어요.

**퍼디난드** 그렇게 해. 그리고 그 흔적은 가슴에 묻어.

이 반지를 사랑의 징표로 네게 남겨주마— 반지와 함께

그 손도— 그리고 다짐하지만, 그 심장도 갖게 될 거야.

연인이 하나 필요하면, 그걸 갖고 있던 자에게 그걸 보내.

그러면 그자가 너를 도울 수 있는지 알게 될 거야.

**여공** 당신 손이 몹시 차요. 여행한 뒤라 몸이 안 좋은가 봐.

하! 불 좀 밝혀! 아, 끔찍한—

**퍼디난드** 실컷 환하게 불 밝혀 줘. [퇴장]

**여공** 죽은 남자 손을 남기고 가다니, 이건 무슨 악마의 짓거리야?

[휘장 뒤로, 죽어 누워 있는 듯 보이는 안토니오와 그의 아이들의 인조 형상이 드러난다]

**보솔라** 보세요. 여기 그걸 떼어낸 몸뚱이가 있어요.

공작님께선 이 가련한 광경을 전하께 보여드려,

이들이 죽은 것을 확실히 아시게 됨으로써,

돌이킬 수 없는 것에 대해 더는 슬퍼하지 않는

2 원문은 "You were too much i' th' light." 말 그대로는 '환한 곳에 살았다'는 뜻이지만, 'light'라는 단어가 갖는 다른 뜻, 즉 '품행이 가볍다', 또는 '성적으로 문란하다'는 뜻과 결부된 의미도 함축하고 있다. 문맥은 달리하지만, 이와 비슷한 표현으로, 햄릿이 클로디어스에게 하는 말 — "Not so, my lord. I am too much i' the sun"(*Hamlet*, 1막 2장, 67행)—을 떠올릴 수 있다.

현명함을 가지시도록 하려는 겁니다.

**여공** 이걸 보고 난 후에, 하늘과 땅 사이에
난 더 살고픈 마음이 없어. 밀랍으로 본을 떠 만든
내 초상화를, 마법의 바늘로 찔러 붙였다간,
어느 더러운 퇴비 더미에 파묻는다 하더라도,
이보다 더 내 피를 말리진 못할 거야.[3] 저기 폭압자에게
기막히게 어울리는 일이 있는데, 그게 내겐 자비일거야.

**보솔라** 그게 무어죠?

**여공** 저 생명 없는 몸통에다 나를 꽁꽁 묶어, 얼어 죽게 하는 것―

**보솔라** 말씀도― 살으셔야 해요.

**여공** 그건 영혼이 지옥에서 겪는 제일 못 견딜 고문이야.
지옥에서 살아야만 하고 죽을 수가 없다는 것―
포샤, 그대 삼켰던 석탄을 다시 불타게 만들어,
아내의 사랑이 무언지 보여 준, 드물고도 지금은 유례가 없는,
그 행위를 그대 따라 나도 하고자 하오.[4]

**보솔라** 저런! 절망을요? 기독교인이심을 기억하세요.

**여공** 교회가 금식을 명할 때가 있지. 굶어 죽을 거요.

3 마녀들은 미움의 대상인 사람의 인형을 만들거나 초상화를 그려, 그것을 여러 방법으로 저주함으로써 해악을 끼칠 능력을 갖고 있었다고 믿었다. 우리나라의 궁중비화에도 자주 등장하는 행태이다.

4 씨저 암살의 주도적 역할을 한 부루터스가 씨저 암살에 대한 응징을 표방하고 나선 안토니우스와 옥타비우스가 이끄는 군대에 몰려 곤경에 처했다는 소식을 들은 브루터스의 아내 포샤는 불타는 석탄을 삼키고 자살했다. 셰익스피어의 〈줄리어스 씨저〉에서도 포샤의 죽음이 언급되고 있다.

**보솔라** 이 쓸데없는 슬픔일랑 버리세요.
상황이 최악에 이르면 호전되기 마련— 손에다
벌침을 쏘고 난 벌은 눈꺼풀 맴돌며 놀기 시작해요.

**여공** 위안 주려 애쓰는 친절한 양반,
형틀에서 몸 다 망가진 불쌍한 사람에게
뼈를 다 새로 맞춰 놓으라고 설득해 보아요.
다시 처형할 테니 살아남으라고 간청을 해요.
누가 내 목숨 끊어 줄 건가? 이 세상은 나에겐 지루한 극장,
내 의지를 거슬러 그 안에서 역(役) 하나 맡아 하니—

**보솔라** 자, 마음 편히 가지세요. 제가 사시도록 해 드리겠습니다.

**여공** 참말이지, 난 그런 하찮은 데 마음 쓸 여유가 없어.

**보솔라** 자, 정말로, 연민을 느낍니다.

**여공** 그렇다면 당신 바보야. 스스로 불쌍한 줄
알지도 못할 정도로 불쌍한 것에게 연민을 갖다니—
나는 비수로 가득 차 있어. 후— 이 독사들을 불어 버려야지.

[하인 등장]

넌 누구야?

**하인** 전하 장수하시길 비는 놈입니다.

**여공** 나한테 그 끔찍한 저주를 한 죄 교수형감이야.
난 얼마 안 있어 상상할 수 없이 가련한 존재가 될 거야.

가서 기도나 해야지— 아냐, 저주할 거야.

**보솔라** 그만 하세요.

**여공** 별들을 저주할 수도 있어—

**보솔라** 무서운 말씀을!

**여공** 그래서 세 번 바뀌며 미소 짓는 계절들을
러시아의 겨울이 되게 하고,[5] 아니, 온 세상이
태초의 혼돈으로 되돌아가게 만들 거야.

**보솔라** 보세요, 별들은 항상 빛나게 돼 있어요.

**여공** 아, 하지만 기억해 둬요. 내 저주는 멀리 간다오.
아무리 거대한 가문도, 역병이 그 속에 번지기 시작하면,
결국은 사그러들고 말아요!

**보솔라** 그만 하세요.

**여공** 폭군들처럼, 그들은 저지른 악행만으로 기억되기를—
구원의 일념으로 기도하는 성직자들 그들을 기억하지 않기를—

**보솔라** 이렇게 가혹하실 수가!

**여공** 이자들을 벌하기 위해, 하늘이
순교자들의 대관(戴冠)을 잠시 멈추시기를!
가서, 이 말 크게 외치고, 나 죽고 싶다고 전해요.
죽일 때 빨리 죽이는 것도 자비로운 노릇이니까—

5 '러시아의 겨울'이라 함은 계절의 구분이 없이 일 년 내내 겨울만 지속되는 것을 의미한다.

[여공과 시녀들, 그리고 하인 퇴장][6]

[퍼디난드 등장]

**퍼디난드** 좋아, 내가 원하던 대로야. 술수에 말려 괴로워하는군.
이 전시물들은 밀랍으로 만든 모사품인데,
이 방면에 조예가 깊은 장인이 만든 것이지—
빈센티오 로리올라라는[7] 자 말이야. 헌데 그것이
이것들을 진짜 사람의 몸으로 보았단 말씀이야.

**보솔라** 왜 이런 일을 하십니까?

**퍼디난드** 그것을 절망으로 이끌려고.

**보솔라** 제발, 이쯤에서 그만 멈추세요.
그리고 잔인한 일 더는 하지 마세요.
그분의 섬세한 피부에 껄끄럽게 스칠
거친 속죄의 옷 한 벌 보내시고,
염주와 기도서나 갖추어 주세요.

6 Brooke와 Paradise가 편집한 *English Drama, 1580~1642*에서는 99행에서 여공이 말을 하는 도중에 하인이 퇴장하는 것으로 되어 있다. Folger Library의 단행본에서는 여기 표시한 시점에서 여공과 시녀들이 퇴장하는 것으로 되어 있다. 그리고 *Norton Anthology*에서는 여기 표시한 시점에서 여공과 하인이 함께 퇴장하게 되어 있다. 어느 시점에 하인이 퇴장하는지는 연출자가 의도하는 데 따라 달라질 수 있는 노릇이지만, 역자가 보기로는, Brooke와 Paradise가 지시한 것처럼 하인이 등장했다가 곧 퇴장하는 것은 우습기조차 하다. 그리고 여공이 하인과 함께 퇴장하는 것도 궁정 법도에 걸맞지 않는다. 따라서 역자는 말을 마친 여공이 그의 시녀들과 함께 퇴장하고, 별 볼 일 없이 왔다가 자리를 뜨는 하인이 그 뒤를 따르는 것이 무대 운영상 합당하다고 생각한다.

7 이 이름의 소유자가 실재하였던 인물이었느냐를 문제 삼는 것은 의미가 없다. 극의 대사 작성을 위해 작가가 임의로 지어낸 이름일 수도 있기 때문이다.

**퍼디난드** 저주받은 것! 그것의 몸뚱아리는, 내 가문의
깨끗한 피가 흐르는 동안에는, 자네가 위무해 주려 하는,
그 영혼이라 부르는 것보다도 값진 것이었지.
그것에게 싸구려 창부들이 쓰는 가면들을 보내고,
그것의 식탁에선 갈보들과 불량배들이 시중들게 하고,
그것이 미치는 꼴을 봐야 하니, 평민들 병원에서
미치광이들 몽창 빼내, 그것 거처 가까이 데려다 놓아야지.
거기서 미친 짓거리 질탕 하면서, 노래하고 춤추고,
만월 쳐다보면서 지랄 발광 하도록 하는 거야.
그래서 그것이 잠을 더 잘 잘 수 있다면, 그러라지.
자네 일은 거의 끝나가고 있어.

**보솔라** 그분을 또 보아야 합니까?

**퍼디난드** 그래.

**보솔라** 절대로 다시는—

**퍼디난드** 그래야 돼.

**보솔라** 절대로 제 얼굴 드러낸 채로는—
제 염탐질과 바로 얼마 전의 거짓말로
안면 몰수당했습니다. 다시 저를 보내실 땐,
제가 맡아야 할 일은 위로라야 합니다.

**퍼디난드** 아마 그럴 거야.
연민을 느낀다는 건 자네한텐 어울리지 않아.
안토니오가 밀라노 근처에 숨어 있어. 자네 곧 그리로 가서

내 복수의 염만큼이나 큰 불 지피도록 해.

연료가 다 타버릴 때까진 이 불길은 잦지 않을 거야.

병이 정도를 지나치면 그 치료도 혹독한 것이라야 해.

[두 사람 퇴장]

## 2장 같은 장소

[여공과 카리올라 등장]

**여공** 무슨 끔찍한 소리였지?

**카리올라** 전하의 숙소 주변에 전하의 포악한 오라버니가
데려다 놓은 미치광이 떼거리예요. 이런 고약한 짓거리는,
제가 알기로는, 여태껏 저지른 적이 없었어요.

**여공** 참말이지, 난 고마워.
시끄런 소리하고 난장판 아니고선
내가 올바른 정신 상태로 있을 수 없어.
차분한 이성과 고요함은 오히려 날 미치게 할 거야.
앉아. 무슨 끔찍스런 이야기나 하나 해 다오.

**카리올라** 그러면 전하의 심기만 더 울적해질 텐데요.

**여공** 잘못 생각했어. 더 큰 슬픔의 이야길 들으면,
내 슬픔은 줄어들 수 있어. 여긴 감옥이지?

**카리올라** 네, 하지만 이 곤경을 견디고 살아나실 거예요

**여공** 바보 같은 소리—

가슴 붉은 로빈이나 나이팅게일은
새장에 갇혀선 오래 못 살아.

**카리올라** 제발, 눈물 닦으세요. 무슨 생각 하시죠?

**여공** 아무 생각도— 나 이렇게 가만있을 땐, 자고 있는 거야.

**카리올라** 눈을 뜨시고요? 미친 사람처럼요?

**여공** 너 우리 저 세상에서도 만날 거라 생각하니?

**카리올라** 네, 꼭요.

**여공** 죽은 사람들하고 이틀 동안만 이야기를 나눌 수 있었으면—
그러면 틀림없이 이 세상에선 알 수 없는 일들을 알 수 있을 텐데—
놀라운 거 하나 알려 줄게. 슬픈 일이지만, 난 아직 안 미쳤어.
머리 위에 있는 저 하늘이 놋물로 된 것 같아.
땅은 불타는 유황 같고— 하지만 난 안 미쳤어.
검붉게 탄 노예가 그가 젓는 노에 익숙한 것처럼,
나도 비참한 상황에 친숙하게 되었어.
어쩔 수 없는 상황이 나를 계속 견뎌내게 하고,
습관이 되면 쉬워지는 모양이야.
내가 지금 누구 같아?

**카리올라** 회랑에 걸려 있는 전하의 초상화처럼요—
보기에는 살아 계신 것 같지만, 실제로는 아니지요.
아니면, 보기에 가슴 아픈, 폐허가 되어 버린
어느 존귀한 기념상요—

**여공** 아주 적절해.

운명의 여신은 내 비극을 보기 위해서만
눈이 열려 있는 것 같아. ―이건 뭐지? 무슨 소리야?

[하인 등장]

**하인** 전하의 오라버님께서 전하를 위해
여흥을 하나 준비하셨다는 말씀 드리려 왔습니다.
교황님께서 깊은 우울증에 시달리셨을 때,
절륜한 의사 한 분이 여러 부류의 광인들을 보여 드렸습지요.
그 어지러운 광경이 변화와 재미로 가득하여,
성하(聖下)께선 웃지 않으실 수 없었고,
그래서 종양이 터져 버렸답니다.
공작님께서는 똑같은 치료법을 써 보시려는 겁니다.
**여공** 들여보내.
**하인** 미친 법률가 하나, 종파 없는 교구 신부 하나,
질투로 정신 나간 의사 하나,
모월 모일에 세상의 종말 온다고 예언했다가,
그게 적중하지 않아 미쳐 버린 점성술사 하나,
새로운 복식 유행에 골똘하다가 미친 영국 재단사 하나,
매일 아침 찾아오는 방문객들에게 빼지 않고 인사하든가
'존체 강녕하십니까'라고 여쭈라고
여주인이 명한 사람들을 기억하려다 실성한,

수문장 역할 맡았던 안내인 하나,
곡물 수출이 금지되어 미쳐 버린, 도리 없는 악덕 농부,
거기다 미친 거간꾼 하나 더하면,
악마가 이들 사이에 있다고 믿을 것이옵니다.

**여공** 카리올라, 앉아. —마음 내키는 대로 들여보내.
너희들이 저지르는 그 어떤 횡포도 난 다 견뎌야 돼.

[광인들 등장. 기괴한 음악에 맞추어 광인 하나 노래한다]

아, 우리 무슨 슬픈 소리 하나 질러 보세,
무슨 끔찍하고 끈덕진 울부짖음을.
짐승들과 불길한 새들이 가슴 철렁 내려앉게
목청껏 내지르는 소리처럼 들리는.
큰 까마귀, 소리 날카로운 올빼미, 황소, 곰처럼,
우리 맡은 대로 울부짖고 고함지르세.
괴롭히는 소음이 너희들 귀를 먹먹하게 만들고,
너희들 심장을 파먹을 때까지.
드디어 우리들 합창이 숨이 차서 끝나게 되면,
우리 몸뚱이는 축복을 받고,
우리는 죽음 맞으려 백조들처럼 노래하다가,
사랑과 안식 속에 숨을 거두리.

**광인 1** 세상의 종말이 아직 안 왔어?
망원경으로 그걸 가까이 당겨 놓아야지. 아니면 온 세상을
순식간에 불길에 휩싸이게 만들 유리를 만들든가.[1]
잠을 잘 수가 없어. 내 베개가
고슴도치 새끼들로 꽉 차 있거든—
**광인 2** 지옥은 유리 그릇 공장일 뿐—
거기서 악마들은 여자들의 영혼을
속 빈 쇠 대롱으로 계속 불어대는데,
불길이 결코 꺼지는 법이 없어.
**광인 3** 매달 열 번째 밤마다 내 교구에 있는 여자들을
하나씩 번갈아 가며 데리고 잘 거야. 건초더미들처럼,
그것들한테 십일조 헌금도 어김없이 받아낼 거야.
**광인 4** 내 여편네가 나 몰래 샛서방 두었기로,
내가 드나드는 약국 주인이 날 속여 먹을까?
그자 하는 못된 짓을 알아냈는데,
제 여편네 오줌으로 명반수(明礬水) 만들어서,
교리 설파로 목 아픈 청교도들한테 팔아먹더군.
**광인 1** 난 문장(紋章) 새기는 솜씨가 뛰어나.
**광인 2** 그래?
**광인 1** 네 정수리 장식으로, 뇌를 꺼내 없은

1 햇빛을 렌즈에 여과시켜 종이 등을 태우는 것에 대한 언급일 것이다.

도요새 머리를 대신 내보여.[2] 그러면 넌
오래된 가풍 자랑하는 집안의 후예야.
**광인 3** 그리스 말이 투르크 말로 됐어.[3]
우릴 구원해 줄 건 제네바 성경뿐이야.[4]
**광인 1** 이것 보시오. 당신한테
내가 법조문을 설명해 주리다.
**광인 2** 아, 차라리 부식제(腐蝕劑)가 나아.
법조문은 뼈까지 갉아먹을 거야.
**광인 3** 생명 유지를 위해서만
마시는 놈은 저주받은 놈이야.
**광인 4** 여기 내게 거울이 하나 있다면, 여기 있는
여자들 모두가 나를 미치광이 의사라고
부르게 만들 광경을 보여 줄 것인데—
**광인 1** 저건 누구야? 밧줄 만드는 놈?
**광인 2** 아니, 아니, 콧노래 흥얼대는 악당인데
무덤을 손짓으로 보여 주는 동안에도
계집년 치마 터진 데에 손 갖다 대는 놈이야.
**광인 3** 새벽 세 시에 가면무도회에서 집으로 돌아온

2 도요새(woodcock)는 흔히 멍청한 새로 알려져 있었다.
3 즉, 성경의 그리스어 텍스트가 그 원래의 기독교 정신을 잃어 버렸다. 이 말은, 청교도들이 그네들이 선호하는 성경 번역본 이외의 것을 인정하지 않았던 사실에 대한 언급이다.
4 원문에는 "the Helvetian translation"으로 되어 있다. 1560년 제네바에서 출간된 성경 번역본인데, 청교도들은 이 번역을 선호하였다.

내 여편네가 타고 온 빌어먹을 놈의 마차—
그 안에 커다란 깃털 침대가 있었어.

**광인 4** 악마의 손톱을 마흔 번이나 깎아,
갈까마귀 알 깨뜨려 같이 섞어 볶아서,
그걸로 열병 오한을 치료했다네.

**광인 3** 젖 나오는 박쥐 삼백 마리 주면,
잠 오게 만드는 뜨거운 박쥐 젖 타 줄게.

**광인 4** 대학인 전체가 나와 겨루기를 단념할 걸—
변비에 잘 듣는 비누 거품을 만들었거든—
그게 내 걸작품이었어.

[광인 여덟 명이 기괴한 음악에 맞추어 춤춘다. 이어서 노인으로 변장한 보솔라 등장]

**여공** 저자도 미쳤나?

**하인** 직접 물어 보시지요. 저는 물러갑니다.

[하인과 광인들 퇴장]

**보솔라** 당신의 무덤을 만들러 왔소.

**여공** 하, 내 무덤이라! 당신 마치 내가 숨 헐떡이며
죽음의 침상에 누워있다는 듯 말하는구먼.

내가 병이라도 든 것 같아?

**보솔라** 그래요. 당신의 병을 스스로 자각 못하니, 더 심각해요.

**여공** 당신 미치진 않았겠지. 나를 알아보아?

**보솔라** 그럼요.

**여공** 누구지?

**보솔라** 당신은 벌레 알로 꽉 찬 상자야— 기껏해야
채 마르지 않은 시체 살점 반죽되어 연고처럼 담긴 곽이지.[5]
이 육신이 무엇이던가? 보잘것없는 우유 엉킨 것이고,
야릇하게 부풀린 반죽이지. 우리의 육신이란 게, 애들이
파리들 간직하는 데 쓰는 종이 곽보다 약하고, 더 보잘것없지.
왜냐면 우리 몸은 지렁이들 위한 것일 뿐이기 때문이야.
종달새가 새장에 갇힌 것 보았소? 영혼이 육신에 갇힌 게
바로 그 짝이요. 이 세상은 영혼의 작은 뗏장일 뿐이고,
우리 머리 위에 있는 하늘은, 영혼의 거울인 양, 우리를
가둔 감옥이 얼마나 좁은 것인지 겨우 깨닫게 해 줄 뿐이라오.

**여공** 내가 그대의 여공이 아니던가?

**보솔라** 당신이 대단한 여자란 건 확실하오. 왜고하니
육탐(肉耽)의 흔적이 잿빛 머리카락에 싸여
그대의 이마에 내려앉기 시작했기에 말이요.

5 방부 처리되어 말린 시신으로부터 살점을 떼어내어 약을 만드는 데에 썼다고 한다. 원문에 "green mummy"라는 말이 나오는데, 이는 '채 마르지 않은 미이라'라는 뜻이다. 보솔라가 들려주는 이 대사 전체에는 인간의 육신과 결부시킨 '죽음의 상념(*memento mori*)'으로 가득 차 있다.

발랄한 젖 짜는 처녀보다 한 이십 년은 일찍이 말이요.
고양이 귀에 들릴 만큼 가까운 데 살아야 하는 생쥐보다
당신 잠자리는 불안할 거요. 새 이빨 돋아나는 어린 것이
당신과 같이 자게 되면, 소리 내어 울 것이요. 마치 당신이
오히려 더 안정을 못하는 동침자인 양—

**여공** 나는 언제나 아말피의 여공이야.

**보솔라** 그래서 당신은 깊은 잠에 못 드는 거요.
영광의 광채는, 반딧불처럼, 멀리서도 밝게 빛나지요.
하지만, 가까이서 보면, 열기(熱氣)도, 광채도 없어요.

**여공** 당신 아주 거침이 없구먼.

**보솔라** 제 직업은 살아있는 자가 아니라 죽은 자에게
아첨하는 일이죠. 저는 무덤 만드는 자올시다.

**여공** 그래서 내 무덤을 만들려 왔다고?

**보솔라** 그래요.

**여공** 좀 명랑해져 볼거나? 무얼로 그걸 만들려오?

**보솔라** 아니죠. 먼저 말씀해 줘요.
어떤 형태를 원하시는지—

**여공** 아니, 죽어서 눕는 마당에 호불호(好不好)가 있겠소?
무덤에서도 유행을 찾으리까?

**보솔라** 아주 야심만만하게지요.
무덤에 새겨지는 제왕들의 형상은,
살아생전에 그러했듯, 거짓말을 하지 않아요.

하늘 향해 기도하는 것이 아니라, 치통 앓다가 죽은 것처럼,
두 손을 두 뺨 아래 고이는 거죠.
두 눈은 천공의 별들을 향하는 게 아니라,
그네들 마음이 온통 이 속세에 기울어졌기 때문에,
바로 이쪽을 향해 얼굴을 돌리는 듯 보이는 거예요.

**여공** 허면, 그대의 이 으시시한 준비가—납골당에서나
어울릴 이 대화가—의미하는 걸 속 시원히 알게 해 주오.

**보솔라** 지금 그럴 거요.

[관(棺), 오랏줄, 조종(弔鐘) 들고 형리들 등장]

고귀한 두 분 오라버니가 보낸 선물이 예 있는데,
반가이 맞으시길 바랍니다. 그것이 마지막 은혜,
마지막 슬픔을 가져오기 때문이지요.

**여공** 보고 싶구먼. 내 몸을 흐르는 피에 순종하는 마음
그득하니, 내 오라비들의 혈관에서도 좋을 것이라 믿어.

**보솔라** 이것이 당신의 마지막 접견실이오.[6]

**카리올라** 아, 전하!

**여공** 쉬— 난 무서울 게 없단다.

**보솔라** 난 흔해 빠진 종치기인데, 형이 확정된 사람들에게

6 보솔라는 여공 앞에 놓여 있는 관을 가리키며 이 말을 한다.

그네들 형이 집행되기 전날 밤 보내지고는 하지요.

**여공** 방금 그대가 무덤 만드는 자라 했지.

**보솔라** 그건 당신을 조금씩 죽이기 위함이었소. 들어 봐요.

[종을 치며 다음과 같이 읊조린다]

들어요. 이젠 사위(四圍)가 고요하고,
외지르는 올빼미도 날카로운 피리새도[7]
우리 마님을 큰 소리로 부르며,
빨리 수의(壽衣)를 입으라고 재촉하네.
많은 토지와 세수(貰收)를 누렸지만,
흙 속에 누운 길이 만큼이면 충분하다오.
긴 전쟁이 그대 마음을 어지럽혔지만,
여기 완전무결한 평화를 결인(結印)하였네.
멍청이들 헛되이 지키려 한 것 무엇이던가?
죄로 잉태되고, 울면서 태어나고,
인생살이는 과실(過失)로 가득한 안개,
죽음은 끔찍한 공포의 폭풍이라.
머리칼에 향긋한 분가루 흩뿌리고,
깨끗한 천을 몸에 두르고, 발도 씻고,

7 올빼미(screech owl)나 피리새(whistler)나 불길한 새이고, 특히 후자는 다가오는 죽음을 예고하는 새로 알려져 있다.

그리고는 악귀가 범접치 못하도록
목에는 십자가 매달아 축복하게나.
지금은 밤과 낮 사이의 절정의 순간,
신음일랑 멈추고, 어서 오시게나.

**카리올라** 저리 가, 악당들, 폭압자들, 살인배들! 아!
내 마님한테 무슨 짓 하려는 거야? 도움을 청하세요.

**여공** 누구한테? 우리 곁에 있는 사람들? 광인들이야.

**보솔라** 조용들 해요.

**여공** 카리올라, 잘 있거라.
지난번 작성한 유언장엔 네게 줄 게 별로 없었다.
수많은 배고픈 사람들 내게 와 식객 노릇 했단다.
네게 물려줄 몫은 얼마 되지 않는구나.

**카리올라** 나도 저분과 함께 죽을래요.

**여공** 부탁인데, 내 어린 녀석 감기 물약 좀 먹이고,
계집애는 자기 전에 꼭 기도하라고 일러 주어.

[형리들 카리올라를 끌고 나간다]

자, 어찌할 텐가? 어떻게 죽일 거야?

**보솔라** 교살형(絞殺刑)이요. 여기 집행자들이 있소.

**여공** 나 저자들을 용서해. 저자들이 할 일은

뇌출혈, 콧물감기, 허파 기침도 할 수 있는 일이야.
**보솔라** 죽음이 무섭지 않소?
**여공** 저 세상에서 그토록 훌륭한 분들 만날 텐데,
무엇이 두렵겠어?
**보솔라** 하지만, 내 생각엔, 어떻게 죽느냐가 두려울 텐데.
이 오랏줄이 보기에도 끔찍하지 않소?
**여공** 조금도 안 그래. 금강석으로 내 목을 자른다고,
아니면 계피로 질식시킨다고, 아니면 진주로 된
탄환을 쏘아 날 죽인다고, 그게 무어 나을 게 있어?
죽음은 일만 개나 되는 문을 가지고 있어서, 그리로
사람들이 퇴장하는 걸 나 알고 있어. 그런데 이 문들은
절묘한 기하학적인 돌쩌귀에 놓여 움직이기 때문에,
이 문들을 안으로도 바깥으로도 열 수 있다고 해. 어찌 됐든,
제발 내가 당신들 수군거리는 걸 벗어났으면 해.
내 오라비들한테 말해 주어— 나 이제 정신이 맑으니,
그 사람들이 줄 수 있고 내가 받을 수 있는 최상의 선물이
죽음이란 걸 나 알게 되었다고— 여자의 마지막 결함을
그만 치워 버리고 싶어[8] — 지루하게 긴말 하지 않을게.
**형리** 준비되었습니다.
**여공** 내 숨결은 그대들 마음대로 처분해. 하지만 내 몸은

8 "I would fain put off my last woman's-fault." 이 말이 뜻하는 것은 하고 싶은 말은 많지만, 여자들의 속성인 다변(多辯)을 스스로 억제하겠다는 것이다.

내 시녀들에게 넘겨주어. 그렇게 할 거지?

**형리** 예.

**여공** 당겨— 힘껏 당겨— 자네들의 힘이
하늘을 나한테로 끌어내려야 하니까—
잠깐, 하늘에 드는 문은 군왕들의 궁전처럼
그렇게 높이 솟아 있지를 않아. 거기 들어가려면,
무릎을 꿇고 들어가야 돼. [무릎 꿇는다] 자, 참혹한 죽음아,
나를 잠들게 만들 맨드라고라[9] 노릇을 하렴!
나 죽어 누우면, 내 오라비들한테 가서 말해—
이제는 마음 편하게 식사할 수 있을 거라고—

[형리들 여공의 목에 감은 오랏줄 당긴다]

**보솔라** 시녀는 어디 있어? 데려 와. 누가 가서 애들도 목 졸라.

[형리들 퇴장, 몇 형리들에 이끌려 카리올라 등장]

저길 봐라. 네 주인이 자고 있다.

**카리올라** 아, 이 짓 한 당신들 저주받을 거요.

9 맨드라고라(mandragora)는 독성이 강한 식물로서, 마취 또는 환각의 효과가 있다고 알려져 있고, 그 뿌리를 캐는 사람은 미치고 만다는 속설이 있다. 2막 5장 첫 행에서 퍼디난드는 '맨드레이크(mandrake)'라는 단어를 입에 올리는데, 같은 식물을 지칭하는 말이다.

다음은 내 차례지— 안 그래요?

**보솔라** 그렇지. 준비돼 있는 게 기쁘구나.

**카리올라** 잘못 보았어요. 난 준비가 안 됐어요. 죽기 싫어요.
먼저 재판이라도 받고, 내 죄가 무언지나 알아야겠어요.

**보솔라** 서둘러 해치워. 넌 여공 분부를 따랐고,
이젠 우리 명령 따라야 해.

**카리올라** 죽지 않을 테에요. 죽어선 안 돼요. 난 약혼한 몸예요.

**형리** 이게 네 결혼반지다. [올가미를 보여준다]

**카리올라** 공작님 좀 뵙게 해 줘요.
그분을 해하려는 음모를 고변하겠어요.

**보솔라** 시간만 끄는군. 목 졸라.

**형리** 깨물고 할퀴는군요.

**카리올라** 날 지금 죽이면, 난 저주받아요.
지난 이 년 동안 참회를 걸렀어요.

**보솔라** [형리들에게] 언제 할 거야?

**카리올라** 난 애를 가졌어요.

**보솔라** 그렇다면 네 평판은 사는 거다.[10]

[형리들 카리올라를 교살한다]

10 처녀가 임신을 했으니 사람들 입에 오르내릴 것이지만, 죽으면 그런 걱정을 할 필요가 없다는 말.

옆방으로 옮겨. [여공을 가리키며] 이건 여기 놔두고.

[형리들 카리올라 시신 끌고 퇴장, 퍼디난드 등장]

**퍼디난드** 죽었나?

**보솔라** 원하시던 대로입니다.
하지만 이것들은 측은하지요. [죽은 아이들을 보여준다]
아, 이것들이 무슨 죄가 있다고—

**퍼디난드** 늑대 새끼들 죽은 걸 가슴 아파할 것 없어.

**보솔라** 여길 보세요.

**퍼디난드** 보고 있어.

**보솔라** 울지 않으세요?
다른 악행이 말이라면, 살인은 비명이죠.
물이라는 원소는 대지를 적시지만,
피는 위로 날아올라 하늘을 물들이지요.

**퍼디난드** 얼굴 덮어. 눈이 부셔. 젊어서 죽었구나.

**보솔라** 제 생각은 달라요. 불행한 삶이었으니, 너무 긴 편이었죠.

**퍼디난드** 저것과 난 쌍둥이였다. 내가 지금 당장 죽는다면,
내가 저것하고 일 분 터울로 같은 시간을 산 거야.

**보솔라** 여공께서 먼저 나셨던 듯합니다. 공작님께서는,
피붙이들이 낯선 사람들보다 오히려 화합하기 어렵다는
옛 사람들 말이 사실인 걸 잔혹하게 입증하신 겁니다.

**퍼디난드** 그 얼굴 다시 보자.
왜 불쌍하단 마음 안 들었어? 자네가 저것을
어느 수녀원에라도 데려다 주어 피신시켰더라면,
자넨 얼마나 기막히게 심성 올곧은 자가 될 뻔 했나!
아니면, 자네의 본성을 거슬러, 명분을 위해 담대하게,
저것의 무고함과 내 복수심 사이에 방파제 되려
머리 위로 검을 치켜들지 않았나? 내가 정신 나갔을 때,
내가 가장 사랑하는 사람을 죽이라고 자네에게 명했고,
자넨 내 말대로 했어. 그 이유나 곰곰이 생각해 보아야지.
저것이 신분 낮은 놈하고 결혼한 게 내게 무슨 상관이야?
내가 바라는 게 있었다고 고백을 해야 돼.
저것이 과부로 남아 있었더라면, 죽은 다음에
내가 엄청난 재산을 차지할 거란 희망이 있었지.
그게 주된 이유였어. 한 줄기 쓰라린 아픔이
내 심장을 가르며 흐르게 만든 저것의 결혼 말이야.
자네에 대해 말하자면, 비극 공연에서
훌륭한 배우가 악역을 맡아 연기 잘 한 연유로
많은 경우에 저주를 받듯, 이 일로 난 자넬 증오해.
그런데 날 위해서 자넨 몹쓸 일을 잘도 해냈어.
**보솔라** 각하의 기억을 되살려 드려야겠습니다.
고마운 줄 모르시는 게 아닌가 하는 생각이 들어서요.
제가 한 일에 대한 응분의 보상을 해 주셔야 합니다.

**퍼디난드** 내가 무얼 줄 건지 말해 주지.

**보솔라** 그러시지요.

**퍼디난드** 이 살인에 대한 용서다.

**보솔라** 하!

**퍼디난드** 그래. 이것이 네게 베풀 수 있는 제일 큰 은혜다.
누구의 재가를 받아 이 잔혹한 선고를 집행했느냐?

**보솔라** 각하께서 명하신 겁니다.

**퍼디난드** 내가? 내가 심판을 했다고?
그 어떤 공식적인 법적 절차가 내 누이에게
죽음의 판결을 내렸더냐? 배심원들의 결의가
법정에서 내 누이에게 유죄 판결을 내렸더냐?
지옥에서가 아니라면, 어디에서 이 판결이 등재된 걸
볼 수 있단 말이냐? 잔학무도한 바보처럼, 너는
네 목숨을 스스로 거두었고, 그래서 넌 죽어야 해.

**보솔라** 도둑 하나가 다른 도둑을 처형한다면,
정의라는 것이 뒤죽박죽인 거죠. 누가 이걸 폭로할까요?

**퍼디난드** 내가 말해 주마. 늑대가 누이의 무덤을 찾아내서,
그걸 파헤칠 거다. 시체를 먹으려는 게 아니라,
이 끔찍한 살해를 세상에 알리려는 거지.[11]

**보솔라** 무서워 떨 사람은 제가 아니라 각하시죠.

11 퍼디난드는 곧 자신이 늑대가 되었다고 믿는 정신병(lycanthropy)을 앓게 되는데, 이 대사는 앞으로 일어날 일을 예언하는 효과를 갖는다.

**퍼디난드** 그만 가 봐.

**보솔라** 먼저 은급을 주셔야죠.

**퍼디난드** 악당 놈.

**보솔라** 은공 모르시니, 저는 악당일 밖에

**퍼디난드** 아, 무섭구나! 악마들을 제어하시는 하느님에 대한
두려움마저 인간에게 순종을 점지하지 못하다니—
다시는 나를 보지 말라.

**보솔라** 그렇다면, 안녕히 계십시요.
각하의 아우님과 각하께서는 훌륭한 분들입니다.
두 분의 심장은 한 쌍의 텅 빈 무덤과 같아서,[12]
둘 다 썩었고, 그 주변도 썩게 만들죠. 그 복수란 것도
사슬로 묶인 탄환 두 개처럼, 항상 함께 날아가요.
두 분은 형제다워요— 왜냐면 반역의 피는, 역질(疫疾)처럼,
한 가문에 만연하기 때문이죠. 달콤하고 찬란한 꿈을
오래 간직했던 사람처럼 저는 여기 서 있습니다.
이제 꿈에서 깨어나니, 저는 저에게 화가 나는군요.

**퍼디난드** 이 세상 어디 알려지지 않은 데로 가거라.

12 원문은, "You have a pair of hearts are hollow graves,"인데, 'hearts'와 'are' 사이에 관계대명사(that나 which)가 생략된 것이다. 이 행에 들어있는 'hollow'라는 단어가 Brooke와 Paradise 편집의 *English Drama, 1580~1642*와 Wright와 LaMar 편집의 Folger Library Edition에 공히 나타나는데, *The Norton Anthology of English Literature*에는 'hollow' 대신에 'rotten'이 나타난다. 그 다음 행이 'Rotten'이라는 단어로 시작하기 때문에, 'hollow'를 'rotten'으로 바꾸어 놓은 것은 Norton 편집자의 실수였을 것이라고 본다.

다시는 내가 너를 보지 않도록 말이다.

**보솔라** 왜 저를 이렇게 홀대하시는지 말씀 좀 해 주시죠.
각하의 폭거를 도와 드렸을 뿐 아니라, 온 세상보다
각하를 만족시켜 드리려 전력을 다 했는데요—
그리고 악행을 혐오하긴 했습니다만, 악행을 지시하신
각하를 좋아했구요. 그래서 올곧은 사람이기보다는
차라리 참된 충복으로 보이길 바랐던 겁니다.

**퍼디난드** 어두울 녘에 오소리 사냥 나가련다. 은밀한 짓거리지. [퇴장]

**보솔라** 제 정신 아니군. 꺼져라, 내가 가져 온 출세의 꿈아!
헛된 희망으로 우리 능력을 소모하는 동안에는, 우린
얼음 속에서도 땀 흘리고, 불 속에서도 얼어붙는가 보아.
이 짓을 다시 해야 한다면, 난 어쩔 것인가? 온 대륙의 부(富)를
다 준다 해도, 내 양심의 평화는 안 내놓을 거야.
움직이는구나. 아직 살아 있어! 착한 영혼아, 어둠에서 돌아와,
내 영혼을 이 생지옥에서 건져내 다오. —온기도 있고, 숨도 쉬네!
파랗게 질린 그대 입술에다 내 심장을 녹여 부어,
다시 붉은 색조로 만들고 싶구나! —누구 없어?
기사회생(旣死回生)시킬 물약 가져와!— 이런! 소릴 내선 안 되지—
내 연민은 저놈의 연민을 없앨 수도 있어.[13] —눈을 뜨는군.

13 원문은, "So pity would destroy pity." 보솔라가 여공을 소생시키려 외치는 소리가 퍼디난드를 그 자리에 다시 오도록 할지도 모르고, 그렇게 되면 그의 누이가 아직 살아 있는 것을 퍼디난드가 알게 되어, 그가 앞서 보였던 연민의 정을 잃어버리고, 다시 증오의 불길에 휩싸일 수도 있겠다는 말.

저 눈처럼 여태껏 닫혔던 하늘도 열리는 것 같아.
나를 자비로 받아들이려는 듯—

**여공** 안토니오!

**보솔라** 예, 마님, 그분 살아 계십니다. 지난번 보신 시신들은
거짓으로 만든 허수아비들이었습니다. 그분은
오라버니들과 화해하셨는데, 교황님이 주선하셨어요.

**여공** 고마우셔라! [죽는다]

**보솔라** 아, 숨을 거두었구나! 생명의 줄이 끊어졌어.
아, 성스런 무구(無垢)함은 비둘기의 깃털에 살포시 잠들고,
죄진 자의 양심은 우리의 선행과 악행이 모두 등재된
검은 장부인지라, 거기에 지옥이 보이누나!
좋은 일 하고자 할 때, 뜻만 있고 행할 수는 없다니!
이게 사나이다운 슬픔이야! 내 확실히 알지만,
이 눈물은 내 어머니가 준 젖에서 오진 않았어.
내 처지는 두려움을 논할 지경 밑으로 추락했어.
여공이 살아 있었을 때, 이 뉘우침의 눈물 샘 어디 있었나?
아, 그때는 얼어붙었었지! 여기 내 눈앞에 있는 광경은,
제 아비를 죽인 한심한 놈이 손에 들고 있는 칼처럼,
내 영혼에겐 끔찍하기만 하구나.
자, 여기서 옮겨 드려서, 마지막 부탁하신대로 해 드리겠소.
몇 착한 여자들한테 시신 맡겨 정중히 모시게 해 달라셨지.
아무리 잔혹한 폭거자라도, 이 일마저 못하게 하진 않겠지.

그럼 난 밀라노로 달려가서, 내가 처한 암울함을

거둬 버릴 일이나 서둘러 해야겠지. [여공의 시신 끌고 퇴장]

아 말 피 의 여 공

# 5막

*The Duchess of Malfi*

# 1장 밀라노

[안토니오와 델리오 등장]

**안토니오** 나는 아라곤 가문의 처남들이 나를
받아들이리라 기대하는데, 자넨 어떻게 생각하나?
**델리오** 난 회의적일세. 자네의 밀라노 행이
순조로울 것이라고 보증하는 서신을 보내 왔지만,
그게 바로 자네를 옭을 그물로 보인단 말일세.
페스카라 후작도, 몰수당할 처지에 있는 자네 소유의 땅이
그의 관할에 있는 것을 기화로—고매한 그 성품에
어울리지 않게—점유해 버릴 마음이 들었고,[1]
그분의 식솔들 중 몇은, 바로 이 순간에
자네의 세수(稅收)를 물려받으려는 청원을 하고 있다네.
자네 생계의 방편을 빼앗으려는 사람들이

1 안토니오를 피신시키려는 의도로, 여공은 짐짓 안토니오가 공금을 횡령하였다는 거짓 혐의를 씌운 바 있다. 이를 빌미로, 안토니오 소유의 부동산이 소재하는 지역을 관할하는 페스카라가 안토니오 소유의 토지를 몰수하였다는 말이다.

자네에게 우호적일 것이라고 난 생각지 않네.

**안토니오** 내가 생각해 낼 수 있는 그 어떤 묘책도
자네는 항상 가당찮은 것으로 받아들이지.

**델리오** 여기 후작께서 오시는군. 자네 땅 일부를 물려받기를
소청하는 시늉을 해보겠네. 사태를 알아보기 위해서 말야.

**안토니오** 제발 그래 주게. [자리 비킨다]

[페스카라 등장]

**델리오** 각하, 소청이 있습니다.

**페스카라** 나한테?

**델리오** 별것 아닙니다. 성(聖) 베네트 성곽과 그에 딸린 영지가 있는데,
최근까지 안토니오 볼로냐의 소유였지요. 제발 그걸 제게 주십시오.

**페스카라** 자넨 내 친구야. 하지만 자네 소청대로 그 땅을
내가 자네에게 주는 것도, 자네가 받는 것도 적절치 않아.

**델리오** 않다고요?

**페스카라** 왜 그런지 틈 보아 곧 자세히 설명해 줌세.
여기 추기경의 정부(情婦)께서 오시는군.

[줄리아 등장]

**줄리아** 후작님, 전 이제 별 볼 일 없는 청원자가 되었고,

비참한 거지꼴 될 뻔했어요. 어느 높으신 분, 추기경님께서 쓰신, 절 위해
선처하기 바란다는 내용의, 이 편지 아니었더라면 말예요. [편지를 건넨다]

**페스카라** 추기경께선 추방된 볼로냐가 소유했던 성 베네트 성(城)을
부인 명의로 돌리라 요청하시는군요.

**줄리아** 그래요.

**페스카라** 부인보다 더 그 성채를 인수하기에 적합한
사람을 찾아낼 수야 없겠지요. 부인 몫으로 하지요.

**줄리아** 후작님, 감사해요. 그리고 제게
그 성채를 주셨을 뿐 아니라, 이토록 빨리 주셨으니,
그 후의가 곱절인 걸 성하(聖下)께서도 아실 거예요. [퇴장]

**안토니오** [방백] 내 파멸 딛고 올라서는 꼴들이라니!

**델리오** 각하, 섭섭합니다.

**페스카라** 왜인가?

**델리오** 제 소청은 안 들어 주시고, 저런 여자한테 주시다니요.

**페스카라** 그게 무언지나 아는가? 안토니오 소유였던 걸세.
적법하게 몰수한 게 아니라, 추기경의 사주로 강탈한 걸세.
그렇게 부당하게 탈취한 재산을 내 친구에게 줄 수야 없지.
불의(不義)의 소득이니 갈보한테 줄 화대(花代)로나 맞아.
죄 없는 사람들이 흘린 피를, 내가 친구로 여기는 사람들
얼굴에 흩뿌려, 더욱 건강색을 띠게 할 수 있단 말인가?
그처럼 부당하게 소유자로부터 빼앗은 땅이,
그자의 음욕을 만족시켜 준 데 대한 대가로

지저분하게 사용되는 것이 난 차라리 기쁘다네.
이보게, 델리오, 정당한 것들만 내게 달라고 하게.
그러면 난 흔쾌히 줄 것이야.

**델리오** 옳은 말씀이십니다.

**안토니오** [방백] 허― 제일 못돼먹은 거지들도 질겁을 해,
뻔뻔함 내던지게 만들 분 예 하나 있구먼.

**페스카라** 퍼디난드 공께서 밀라노로 오셨는데,
풍문에 의하면, 정신착란으로 편찮으시다네.
광기라고 하는 사람도 있고― 가서 뵈어야지. [퇴장]

**안토니오** [앞으로 나오며] 고매한 노인이로구먼.

**델리오** 안토니오, 이제 어떻게 하려나?

**안토니오** 오늘밤 내 운명을 걸어 보겠네―
운명이랬자 비리비리 이어가는 목숨인 것을―
추기경의 최악의 악의에 말일세―
그자의 방으로 가는 비밀 통로를 알아. 언젠가
그자의 형이 여공님 침실에 몰래 숨어들었듯,
나도 자정쯤 그자를 찾아갈 거야. 혹시 아나?
―난 내 모습 그대로 갈 테니― 급작스레 닥친 위험 앞에서,
사실은 내가 선의와 친족의 정분으로 넘치는 걸 알고 나서,
그자의 마음에서 독소가 사라지고,
다정한 화해를 이루게 될지 말야.
설사 실패한다 쳐도, 적어도 이 치욕스런 삶은

벗어날 수 있을 것 아닌가? 언제까지나 계속 추락하느니,
차라리 단번에 끝장나는 게 낫지.

**멜리오** 자네가 감수할 모든 위험을 나도 맞겠네.
내 목숨도 자네 목숨과 더불어 함께 할 것이야.

**안토니오** 자네는 변함없이 다정한 둘도 없는 친구야.

[두 사람 퇴장]

# 2장 같은 장소

[페스카라와 의사 등장]

**페스카라** 자, 의사 양반, 환자분을 보아도 되겠소?
**의사** 원하신다면요. 하지만, 제 지시대로 얼마잖아
여기 회랑에서 바람을 쏘이려 나오실 텐데요.
**페스카라** 이보시게, 그분 앓고 계신 건 무슨 병환인가?
**의사** 아주 고약한 병입니다, 나으리—
수화광(獸化狂)이라고 하지요.
**페스카라** 그게 무언가? 사전을 찾아 봐야겠네.
**의사** 말씀 드리지요. 이 병에 걸린 사람들은
심한 우울증에 시달리다가, 급기야는 자신이
늑대로 변신했다고 믿게 되지요. 그래서 한밤중에
공동묘지로 기어들어 가서는, 시체들을 파냅니다.
이틀 전 자정을 전후 해, 성(聖) 마르쿠스 교회 뒤
어느 길에서 공작님을 본 사람이 있는데, 그때
어깨 위에 사람 다리 한 짝을 얹고 계시더란 겁니다.

무시무시한 소리로 울부짖기도 하고, 자신은 늑대인데, 다른 점은 오로지, 늑대 가죽은 털이 밖에 나 있지만, 자신의 가죽은 털이 안에 나 있다고 하더랍니다. 칼을 빼어서 몸을 갈라 보고, 사실인지 아닌지 알아보라고 지시하시더란 겁니다. 곧바로 저를 부르러 사람이 왔고, 필요한 처치를 하고 나니, 각하께서 많이 좋아지셨습니다.

**페스카라** 참으로 다행일세.

**의사** 하지만 병이 다시 도질 염려가 있지요. 다시 발작을 일으키시면, 파라셀수스가 일찍이 꿈도 못 꾼 방법으로 치료를 시도할 겁니다.[1] 제게 허락만 한다면, 그분의 광기를 몰아내렵니다. 비켜서세요. 오시는군요.

[퍼디난드, 추기경, 말라테스테, 보솔라 등장]

**퍼디난드** 저리 비켜.

**말라테스테** 각하께선 왜 혼자 있고 싶어하십니까?

**퍼디난드** 독수리는 보통 혼자서 나는 법이야.

1 스위스의 연금술사이자 의사였던 Philippus Aureolus, Theophrastus Bombastus von Hohenheim(1493~1541)은 스스로를 'Paracelsus'라고 칭했다. 환자에 대한 동정(同情)을 기조로 하는 치료를 목표 삼음으로써 의술을 혁신하려 했으나, 그가 주창한 의학적 관점은 신비주의와 연금술 같은 비술(秘術)에 근거함으로써 신빙성을 잃게 되었다.

까마귀, 갈까마귀, 찌르레기나 몰려다니지.
저것— 날 따라오는 게 뭐야?

**말라테스테** 아무도 없는데요.

**퍼디난드** 있어.

**말라테스테** 각하의 그림자예요.

**퍼디난드** 붙잡아. 날 따라오지 못하게 해.

**말라테스테** 그럴 수 없습니다. 각하께서 움직이시고 햇살이 비치면요—

**퍼디난드** 목 졸라 버릴 테다. [그림자 위에 덮친다]

**말라테스테** 각하, 아무도 없는데 화를 내십니다.

**퍼디난드** 자넨 바보야. 내 그림자를 잡으려면,
그 위에 덮치는 수밖에 없잖아? 내가 지옥에 갈 땐,
뇌물을 좀 가져가야지. 왜냐면— 잘 들어— 값진 뇌물은
아무리 못된 놈한테도 노상 길을 열어 주거든.

**페스카라** 일어나세요, 각하.

**퍼디난드** 인내의 예도(藝道)를 공부하는 중일세.

**페스카라** 고귀한 덕목이지요.

**퍼디난드** 이 도시에서부터 모스코바까지
달팽이 여섯 마리를 내 앞에 몰고 갈 거야.
그것들한테 막대기나 회초리를 안 쓰고,
제 속도대로 가도록 내버려 두는 거지.
세상에서 제일 참을성 많은 놈 나와서,
나하고 한 번 겨뤄보라 해.

난 양 쫓는 개처럼 기어갈 테야.[2]

**추기경** 일으켜 세워. [사람들 퍼디난드를 잡아 일으킨다]

**퍼디난드** 나를 조심스레 다루는 게 좋을 걸.
내가 한 일은 이미 저질러졌어. 아무것도 고백 안 할 테야.

**의사** 제가 말씀을 건네 보겠습니다.
—각하, 미치신 겁니까?
각하의 군왕다운 정신을 잃으신 겁니까?

**퍼디난드** 이자는 누구야?

**페스카라** 각하의 의사올습니다.

**퍼디난드** 저자 턱수염이나 좀 자르고,
눈썹 좀 가다듬으라 해.

**의사** [혼자말] 나도 같이 미친 척 해야 돼. 그게 유일한 치료법이거든.
—각하께서 햇볕에 타는 걸 막아 드릴 샐러맨더[3] 가죽을 가져왔습니다.

**퍼디난드** 눈이 지독하게 아려.

**의사** 코커트리스[4] 알 흰자위가 즉효지요.

2 원문은, "And I'll crawl after like a sheep-biter." 여기서 'sheep-biter'는 글자 그대로는 '양을 깨무는 놈', 즉 양들 뒤를 따라가며 몰이를 하는 개를 지칭하지만, 피해자를 향해 살금살금 다가가는 도둑이라는 의미를 갖는다. 누이를 살해한 데 대한 죄책감이 그의 뇌리를 떠나지 않는 것을 여기서도 알 수 있다. 그가 앓고 있는 '수화광'이라는 정신병은 이처럼 자신을 짐승이라고 믿는 증세를 보인다.

3 '샐라맨더'는 몸에 습기가 많고 차가워 불 속에서도 살아남을 수 있다고 여겨진 상상의 동물인데, 도마뱀의 형상을 하고 있다고 믿었다. 3막 3장 48행 참조,

4 '코커트리스'는 이따금 '바실리스크'(3막 2장 94행)와 혼동하는 경우가 있다. 전자도 신화에 나오는 괴물인데, 수탉의 알에서 부화되어 나오고, 머리, 다리, 날개는 닭, 몸과 꼬리는 뱀의 형상이고, 이것이 노려보면 죽는다고 한다.

**퍼디난드** 기왕이면 금방 나온 알로 해.
[의사를 가리키며] 저자가 날 못 보게 해.
의사는 군왕과 같아서, 반대 의견을 용납치 않거든.
**의사** 이제 저를 무서워하기 시작합니다.
우리 둘만 있게 해 주십시오. [외투를 벗는다]
**추기경** 이건 또 뭐야? 왜 외투를 벗나?
**의사** 장미 향수 찬 소변통 마흔 개 정도 필요합니다.
그걸로 우리 둘이 서로 두들겨 패는 겁니다.
[혼자말] 이제 날 무서워하기 시작하는군.
[퍼디난드에게] 춤 한판 추어 보시렵니까?
[주위 사람들에게] 제발 그대로 놓아두세요.
눈빛을 보니 저를 무서워하고 있어요.
새앙쥐처럼 순하게 만들어 보겠습니다.
**퍼디난드** 너도 춤 한판 추어 보겠느냐?
이놈을 국물 통에 짓이겨 넣고, 껍질 벗겨서,
저기 있는 '이발 및 외과학 건물'에[5] 이 악당이
진열해 놓아 추위에 떨고 있는 해골에 덮을 거야.
꺼져 버려! 네놈들 모두 제단에 올라갈 짐승들이야.
네놈들한테 남아 있는 건,

5 원문은 "Barber-Chirurgeon's Hall." 이발사는 간단한 외과적 처치를 했던 것으로 알려져 있다. 이를테면, 나쁜 피를 뽑아냄으로써 치료하는 행위(blood-letting)도 그중 하나였는데, 이발소라는 것을 알리는 표시가 붉은 줄이 엇비스듬하게 흘러내리는 문양인 것도 이에서 연유한 것이다.

헛바닥과 배때기, 아첨과 음욕뿐이야. [퇴장]

**페스카라** 의사 양반, 당신을 별로 무서워하시진 않았어.

**의사** 맞습니다. 제가 좀 지나쳤던 것 같습니다.

**보솔라** [방백] 하느님 맙소사. 이 무슨 끔찍한 벌이
이 퍼디난드란 자에게 떨어졌는가!

**페스카라** 무슨 사건이 있어 공작께서 이처럼 괴이한
정신착란에 빠지셨는지 성하(聖下)께서는 아십니까?

**추기경** [방백] 무언가 지어 내야겠어—
사람들 말로는, 이렇게 시작됐다는군.
꽤 여러 해 동안 이런 풍문이 도는 걸 들었을 거요.
우리 집안에서 누가 죽을 때가 되면, 어김없이
한 노파의 형상이 그 눈앞에 나타나는데,
전해 내려오는 이야기에 의하면, 이 노파는
재산을 노린 조카 녀석한테 살해됐다는 거야.
어느 날 밤 공작이 늦도록 책을 읽고 있는데,
이 형상이 눈앞에 나타났다오. 도와 달라 외치는데,
시중들던 사람들이 보니, 공작은 온통 식은땀에 젖어 있고,
얼굴이며 하는 말이 영 달라졌더라는 거였소.
그 망령이 나타난 후, 증세는 계속 악화되고 있는데,
아무래도 오래 못 살 것 같소.

**보솔라** 잠깐 여쭐 말씀이 있습니다.

**페스카라** 저희들은 물러가겠습니다.

병고에 시달리시는 공작 각하께서
곧 몸과 마음의 건강을 되찾으시길 빕니다.

**추기경** 그리 하도록 하오. [페스카라, 말라테스테, 의사 퇴장]
자네 와 있었나? 그래— [방백] 이 녀석은 절대로
여공의 죽음에 내가 관여했다는 걸 알아선 안 돼.
내가 사주했지만, 모든 게 퍼디난드가 한 걸로 돼 있거든—
이보게, 내 누이는 잘 있나?
내 누이는 슬픔으로 인해, 여러 번 물들인 옷처럼
색 바랜 모습일 걸 의심치 않네. 하지만 이제
내가 보내는 위로를 맛볼 것이야. 왜 그리 당황하는가?
아, 방금 본 자네 주인 공작이 맞게 된 운명이
자네를 우울하게 만들었구먼. 하지만 안심하게.
내가 원하는 일 하나만 자네가 해 준다면,
설사 내 형 유골 위에 차가운 비석이 서더라도,
자네가 원하는 자리는 내가 보장하지.

**보솔라** 무슨 일이든 말씀만 하십쇼. 즉시 해치우겠습니다.
오래 생각하는 자들은 하는 일이 별로지요.
뒷일 생각하면 시작도 못하는 겁니다.

[줄리아 등장]

**줄리아** 저녁 잡수시러 안에 드실 거죠?

**추기경** 나 바빠요. 들어가 있어요.

**줄리아** [보솔라를 흘깃 보며 방백] 이 친구 몸매 하나 좋네! [퇴장]

**추기경** 일이 이래. 안토니오가 여기 밀라노에 숨어 있어.
행방을 알아내서 죽여 버려.
그자가 살아 있으면, 내 누이가 재혼을 할 수 없고,
내가 염두에 두고 있는 아주 적합한 배우자가 있어.
이 일만 해치우면, 자네 출세는 내가 책임질게.

**보솔라** 하지만 어떻게 그자를 찾아내지요?

**추기경** 여기 머무는 사람들 중에 델리오라는 자가 있는데,
안토니오하고 끈끈한 우정을 오래 유지해 왔지.
이자를 눈여겨보게. 미사 드리러 갈 때 따라가 봐.
안토니오가 신앙을 그저 고리타분한 걸로 보지만,
세상 사람들이 다 하는 대로, 델리오를 따라
미사에 참여할지도 몰라. 아니면, 델리오의 신부를
찾아내든지. 그래서 뇌물로 구슬려 알아내라고.
그자 행방을 추적할 방법이 일천 개는 될 거야.
이를테면, 거액 빌리려 유태인들을 자주 찾는 자들이
누구인지 알아보아. 틀림없이 돈이 궁할 테니까—
아니면, 초상화 환쟁이들을 찾아보고, 누가 최근에
여공의 초상화를 사 갔는지— 이 방법들 중에
먹혀드는 게 있을 거야.

**보솔라** 이 문제를 놓고 속수무책이진 않을 겁니다.

그 한심한 놈 안토니오를 천하없어도 찾아내겠습니다.

**추기경** 그렇게만 해. 좋은 일 있을 테니 – [퇴장]

**보솔라** 이 친구 눈을 보면 바실리스크가 우글대.[6]
천생 살인광으로 태어난 자야. 그런데도 여공이
죽었단 사실을 아직 모르는 것 같아.
이건 교활한 술수야. 나도 이자의 수법을 따라야지.
늙은 여우를 본받아 행동하는 것보다 나은 게 없어.

[줄리아 권총 들고 등장]

**줄리아** 당신 잘 만났어요.

**보솔라** 이건 또 뭐야.

**줄리아** 문들은 다 꽉 잠겼어요. 자, 당신이 저지른
그 음흉한 짓거리가 무언지 고백하게 만들 거예요.

**보솔라** '음흉한 짓거리'라?

**줄리아** 그래요. 내가 데리고 있는 여자들 중, 누굴 시켜
내가 마실 것에 사랑의 분말을 타게 했는지 말해요.

**보솔라** '사랑의 분말'이라?

**줄리아** 그래요. 그렇잖고서야 어떻게 아말피에 있을 때
내가 당신 같은 얼굴을 한 사람을 사랑하게 됐단 말예요?

6 바실리스크는 신화에 나오는 괴물인데, 파충류의 제왕으로 알려져 있고, 눈길을 던지는 것만으로 보는 사람을 죽일 수 있다고 한다. 3막 2장 94행 참조.

당신 때문에 그토록 심한 고통을 이미 겪었고,
나를 치유할 유일한 방도는 내 욕망을 죽이는 거예요.

**보솔라** 아무렴요. 그 총신(銃身)에 담겨 있는 건
향수하고 숨결 방향제뿐이겠죠.
더할 나위 없는 부인! 욕망을 드러내는 데에
기막힌 방법을 쓰시는군요. 자, 자, 당신은 내게 이걸 내주고,
난 내 몸을 이렇게 드리지요.[7] 하지만 참으로 기이한 일이야.

**줄리아** 당신 모습하고 내 사람 보는 눈을 나란히 놓고 보면,
내가 사랑을 느끼는 게 그렇게 이상할 것도 없어요.[8]
이제 당신은 날 바람둥이라고 하겠죠. 여자들이 공연히
새침을 떠는 건 지키기 성가신 상투적 방식일 뿐예요.

**보솔라** 아시다시피, 난 주변머리 없는 군인이요.

**줄리아** 그래서 더 좋아요. 거친 기운 탁탁 튀는
불똥이 없는 곳엔 불길도 타오르지 않는 거라오.

**보솔라** 그리고 난 아첨할 줄도 모르오.

7 보솔라는 줄리아 손에서 권총을 빼앗고, 그녀를 포옹한다. 원문은, "I'll disarm you, and arm you thus"인데, 'disarm'과 'arm' 두 단어를 가지고 들려주는 말의 희롱을 우리말로 전달하기가 용이치 않아, '내준다'와 '드린다' 두 표현이 갖는 의미상의 대조를 대입시키는 것으로 만족할 수밖에 없었다.

8 앞서 줄리아는 보솔라 같은 용모를 가진 사람을 보고 자신이 애정을 느끼게 된 것은, 마실 것에 탄 미약(媚藥) 때문일 것이라는 말을 했다. 여기서도 줄리아는, 자신이 사람을 보는 눈이 어둡기 때문에 별 볼 일 없게 생긴 보솔라에게 매료된 것은 전혀 이상할 게 없다는 뜻으로 말하고 있지만, 상대방을 짐짓 낮게 평가하는 듯한 말을 하는 가운데에도, 자신이 보솔라에 대해 갖는 감정이 맹목적인 것이라는 뜻을 담기 때문에, 더욱 강렬한 애욕의 표시이기도 하다.

**줄리아** 구애하는 법을 모른다고 문제 될 건 없어요.
마음만 진실하다면 말예요—
**보솔라** 아름다운 분이신데—
**줄리아** 글쎄요. 내게 아름다움이란 죄목을 지운다면,
난 무죄를 주장할 수밖에 없어요.[9]
**보솔라** 당신의 반짝이는 눈은, 햇살보다 날카로운,
전통(箭筒)에 가득한 화살을 담고 있소.
**줄리아** 칭찬이 지나치면 망가질지 몰라요.
내가 지금 당신에게 사랑을 청하듯,
당신은 내게 구애하는 데에만 열중해요.
**보솔라** [방백] 됐다. 이년을 이용하면 되겠어.
—우리 극진한 사랑을 나누어 봅시다.
대 추기경께서 지금 내 꼬락서니를 보시면,
날 악당 놈이라 생각하지 않으시겠소?
**줄리아** 아니죠. 나를 바람둥이년이라 볼 테고,
당신은 추호도 괘씸타고 생각지 않을 거예요.
만약 내가 금강석을 보고 훔친다면, 그 죄는
보석이 아니라 훔치는 도둑에게 있는 것 아네요?

9 원문은, "Nay, if you lay beauty to my charge, I must plead unguilty." 줄리아가 하는 이 말은 법정에서 쓰는 표현—예컨대, 'lay…… to my charge', 'plead unguilty'—을 담고 있다. 자신이 아름답다고 하는 보솔라의 말에, 줄리아는 당연히 흡족하겠지만, 그렇지 않다는 겸양을 가장한 말을 이렇게 법정에서 쓰는 말로 에둘러 하고 있다. 'charge'라는 단어에는 '죄목' 말고도 '부담'이라는 뜻도 동시에 담겨 있다.

난 앞뒤 안 가리게 됐어요.
쾌락에 탐닉하는 여자들은, 욕망이 성취될 건지
주저하고 불안해하는 대신, 곧바로 달려들어,
그럴듯한 구실 붙여 달콤한 쾌락을 낚아채요.
설령 당신이 내 침실 창 밑 거리에 있었더라도,
바로 거기서 난 당신에게 사랑을 호소했을 거예요.

**보솔라** 아, 당신은 견줄 데 없는 분이오.

**줄리아** 당신 위해 내가 당장 할 일 무언지 말해 줘요.
당신 향한 내 사랑을 보여 드리게 말예요—

**보솔라** 그러지요. 날 사랑한다면, 꼭 해내시오.
추기경께서 이루 말할 수 없이 우울해졌어요.
그 이유를 물어보시오. 꾸며댄 구실로 대답을
회피하지 않도록 해요. 그 주된 원인을 밝혀내시오.

**줄리아** 왜 그걸 알려고 하시죠?

**보솔라** 그분의 후의를 입고 지내 왔소. 그런데 그분이
황제[10] 폐하의 눈 밖에 나셨다는 말을 들었소.
사실이 그렇다면, 생쥐들이 무너지는 집을 떠나듯,
나 또한 새로 모실 분을 찾으려는 거요.

**줄리아** 싸움에 말려들 필요는 없어요. 내가 보살펴 드릴게요.

**보솔라** 나 또한 그대를 변함없이 모시리다.

10 '황제'는 스페인 황제이자 신성 로마 제국의 황제인 카를로스 5세이다. 3막 3장 2~4행에 대한 각주 참조.

허나, 난 내 본업을 저버릴 수는 없소이다.

**줄리아** 다정한 여인의 사랑을 마다하고, 고마운 줄 모르는
장군 곁을 아니 떠나겠다니! 당신은 깃털 침대에선
잠 못 자고, 목침을 베개 삼아야 하는 사람들 같아요.

**보솔라** 부탁한 일 해 주겠소?

**줄리아** 귀신도 모르게—

**보솔라** 내일이면 알게 되길 바라겠소.

**줄리아** 내일이죠? 내 거실로 오면 알게 될 거예요.
나도 안 늦을 테니, 당신도 늦지 않도록 해요.
난 이미 형이 확정된 사람 같아서, 사면 약속은 받았지만,
사면장이 봉인된 걸 보고 싶어요.[11] 자, 들어가요. 그 사람의 가슴에
내 혀를 비단 실타래처럼 칭칭 감는 걸 볼 거예요.

[보솔라 퇴장, 추기경 등장]

**추기경** 어디 있느냐?

[하인들 등장]

11 보솔라의 청을 들어주면 그와의 밀회가 이루어질 수 있음을 이런 말로 표현하는데, 얼마 안 있어 줄리아는 추기경의 술수에 넘어가 죽음을 맞게 된다는 사실에 비추어 볼 때 아이러니를 담고 있다.

**하인들** 예 있습니다.

**추기경** 너희들 살고 싶으면, 아무도 퍼디난드 공을 만나지 못하게 해라. 내가 미리 안다면 몰라도— [방백] 제 정신이 아닌 상태에서 여공 살해를 실토할지 몰라. [하인들 퇴장] 저기 지긋지긋한 골칫거리가 있구나. 이젠 그만 저것한테 진력이 났어. 어떻게든 치워 버려야지.

**줄리아** 어쩐 일이시죠? 무슨 일 있으세요?

**추기경** 아무 일도—

**줄리아** 많이 달라졌어요. 자, 당신 마음 털어놓을 상대가 되어, 가슴 억누르는 납 봉인을 떼어 드리겠어요.[12] 무슨 일이세요?

**추기경** 말해 줄 수 없어.

**줄리아** 그렇게도 괴로움과 정분이 나서
조금치라도 떼어 놓기 싫으신 건가요? 아니면,
당신 마음이 무거울 때도, 즐거울 때 못잖게,
제가 당신을 사랑할 것이라 생각지 않으시는 건가요?
아니면, 여러 해를 당신 가슴 속 비밀 지켜온 제가
당신 말을 혼자만 알고 있으리라고는 믿지 않으시는 건가요?

**추기경** 더 알려 하지 말어. 자네가 발설하지 않게 하는
유일한 방법은, 자네한테 아무 말도 안 하는 거야.

**줄리아** 그런 말은 메아리에게나 하세요—
아니면, 메아리처럼, 확실치도 않은 걸

12 원문은, "I must be your secretary, and remove this lead from off your bosom." 주인에게 온 서신을 열어 보기 위해, 봉인하는 데 쓰인 납을 떼어내는 것이 '비서'가 할 일 중의 하나였다.

듣는 족족 노상 퍼뜨리는 아첨꾼들에게나— 저는 아녜요.
당신이 스스로에게 솔직한지 저는 알 수 있거든요.

**추기경** 나를 고문하는 건가?

**줄리아** 아뇨. 분별해서 알아낼 수 있거든요.
비밀을 모두에게 털어놓는 것도,
아무에게도 말 안하는 것도, 둘 다 잘못예요.

**추기경** 전자는 어리석은 짓이지.

**줄리아** 그렇다면 후자는 횡포지요.

**추기경** 좋아. 가령 내가 은밀히 어떤 일을 저질렀는데,
그 일이 세상에 알려지길 원치 않는다면—

**줄리아** 그렇다고 제가 알아서도 안 되나요?
간음이란 엄청난 죄를 당신은 저를 위해 감춰 주었어요.
제 신실함을 시험해 보실 기회가 아직 없었지요. 제발—

**추기경** 후회할 거야.

**줄리아** 절대로—

**추기경** 자넬 파멸로 몰아갈 거야. 말하지 않을 테야.
현명하게 처신해. 왕족의 비밀을 전해 들어 아는 것이
얼마나 위험한 일인지 기억해. 그 비밀을 듣는 자들은,
그걸 지키려 저네들 가슴을 견고한 테로 감싸야만 해.
부탁하는데, 이 정도에서 그치도록 해.
자네 굳건치 못함을 깨닫는 게 좋아.
매듭짓는 것이 풀어 헤치는 것 보다 쉬운 일이야.

그 비밀은, 오래 가는 독처럼, 자네 혈관에 퍼져 있다가, 일곱 해 뒤에 자네를 죽일지도 몰라.

**줄리아** 이젠 저를 희롱하시네요.

**추기경** 그쯤 해 두고— 말해 주지. 내가 내린 지시에 따라, 아말피 여공과 두 어린 자식들이 나흘 전에 교살되었어.

**줄리아** 맙소사, 이 무슨 끔찍한 일을—

**추기경** 어쩔 거야? 이만하면 됐나? 자네 가슴이 이 비밀을 묻어 버릴 만큼 어둡고 휘덮는 무덤이 될 거라 생각하나?

**줄리아** 스스로 파멸을 불러오셨군요.

**추기경** 왜지?

**줄리아** 그걸 감추는 건 제 능력 밖이어서—

**추기경** 밖이라고? 자, 이 성경에 걸어 맹세해야 돼.

**줄리아** 신심(信心)을 다해서!

**추기경** 여기 입을 맞추라고! [줄리아 성경에 입 맞춘다] 이제 넌 발설할 수 없어. 네 호기심 때문에 넌 끝장 난 거야. 그 성경에 의해 넌 독살된 거다. 네가 내 분부대로 비밀 지키지 못할 걸 알았기에, 죽음으로써 그 약속을 이행하게 만든 거다.

[보솔라 다시 등장]

**보솔라** 제발 그만 두어요!

**추기경** 하, 보솔라!

**줄리아** 당신이 저지른 이 응분의 조치를 용서할게요.
당신의 비밀을 저 친구가 알게 만들었거든요—
엿들었어요. 비밀 보전하는 게 내게 달려 있지 않다고
말한 이유가 바로 그거에요.
**보솔라** 어리석은 여자— 이자를 독살할 수 없었어?
**줄리아** 하지 못한 일 뒤늦게 후회해도 소용없지요.
어디론지 모르지만, 난 가요. [죽는다]
**추기경** 여긴 웬일이야?
**보솔라** 당신처럼 높으신 분이, 퍼디난드 공처럼 정신이 나가,
내가 해드린 일을 기억하시는지 알아보려고지요.
**추기경** 네놈을 갈기갈기 찢어 버릴 테다.
**보솔라** 당신 마음대로 할 수 없는 목숨 가지고, 그런 장담 마세요.
**추기경** 누가 널 여기 들였어?
**보솔라** 저 여자가 바랐던 대로, 저 여자의 음욕(淫慾)이죠.
**추기경** 그랬었군. 내가 너와 살해 공범인 걸 이젠 알겠군.
**보솔라** 헌데 당신의 썩정내 나는 의도를 왜 나한테 감추려
결백한 듯 보이려는 거요? 대역을 도모하고 일이 성사되면,
그 일에 연루되었던 자들 무덤에 숨어 버리는 자들을
흉내 내는 거라면 몰라도—
**추기경** 그만 해. 자넨 횡재했어.
**보솔라** 계속해서 운명의 여신 치맛자락에 매달리리까?
그건 바보짓이지요.

**추기경** 네가 명예스런 직함을 갖도록 해 주마.

**보솔라** 거짓 명예로 이르게 하는 길은 많고,
그 중 몇은 아주 더러운 것들이지요.

**추기경** 네 우울증은 악마에게 던져 버려. 불이 잘 타니까—
왜 잘 타는 불 뒤적거려서 연기만 더 나게 할 필요가 있어?
안토니오를 죽일 거야?

**보솔라** 그러지요.

**추기경** 이 시신 치워.

**보솔라** 이러다 얼마 안 있어 공동묘지에 시체 나르는 관(棺)대 되겠네.

**추기경** 자넬 도와 살해에 참여할 자들 열댓 명 쓰도록 해 주지.

**보솔라** 그러시면 안 됩니다. 의사들이
곪아서 부풀은 데에 찰거머리들을 갖다 붙일 때,
그 꼬리를 잘라 버리지요.
피가 거머리 몸통을 빨리 통하게 하려는 거죠.
피를 내러 가는데 아무도 따라오지 않는 게 좋아요.
제가 교수대로 향할 때
목매달릴 자들 줄줄이 따르는 걸 원치 않으니까요.

**추기경** 자정 지나서 내게로 오게.
저 시신을 저것 처소로 옮기는 걸 도와줘야겠어.
역병으로 죽었다는 말을 퍼뜨릴 거야. 그래야
저것이 왜 죽었는지 의심쩍어 하지 않을 테니—

**보솔라** 남편 카스트루치오는 어디 있죠?

**추기경** 나폴리로 달려갔어.
안토니오의 성채를 접수하려고—
**보솔라** 정말이지, 일 한번 깔끔히 처리하셨어요.
**추기경** 꼭 와야 되네. 이게 내 처소에 들 때 필요한 만 열쇠일세.
이걸 봐서 내가 자넬 얼마나 신임하는지 알 수 있을 거야.
**보솔라** 준비에 차질 없도록 하겠습니다.

[추기경 퇴장]

아, 불쌍한 안토니오, 자네가 지금 처한 상황이 절박하게
부르는 건 연민의 정이지만, 그것만큼 위험한 것도 없어.[13]
내딛는 발걸음 하나하나를 조심해야 돼. 이처럼 미끄러운
얼음 덮인 길에서는, 못 박힌 구두를 챙겨 신어야 해.
그렇게 하지 않으면 목을 부러뜨릴 수 있어.
[줄리아 시신을 보며] 여기 내 앞에 선례가 있잖은가.
이자는 피 흘림에 끄떡 않고, 두려움도 전혀 없어! 잘됐어—
방심은 지옥의 교외(郊外)라고 하는 사람들도 있지—
그 둘 사이엔 벽 하나 가로 놓인 것뿐이야.[14]

13 안토니오의 처지를 생각하면 연민의 정 솟구침을 억누를 수 없지만, 보솔라의 입장에서는 그를 향해 연민을 갖는 것처럼 자신에게 위험한 일은 없다. 즉, 안토니오의 생명을 지켜 주려는 일을 함에는 많은 위험이 따른다.

14 추기경이 전혀 두려움을 갖지 않고 자신만만하기 때문에, 그가 방심하는 동안 복수의 일격을 가할 수 있을 것이다.

그러면, 선량한 안토니오, 내 자네를 찾아낼 걸세.
그리고 난 자네가 이 잔혹한 흡혈귀들의 마수를 벗어나
안전하게 될 수 있도록 온 힘을 다할 것이야.
이자들 벌써 자네의 피를 흘리지 않았나— 어쩌면,
나는 자네를 도와, 지극히 정당한 복수를 해낼지도 몰라.
아무리 약한 팔이라도 정의의 검으로 가격(加擊)할 때에는
강할 수밖에 없는 거야. 언제나 여공이 내 눈앞에 어른거려.
저기— 저기— 이건 다 내 우울증 때문일 거야.
아, 참회여— 진심으로 너의 참 맛을 보게 해 다오.
참회하는 자 바닥에 엎드리나, 그리해야 일어나는 것—[퇴장]

## 3장 밀라노. 추기경이 머무는 성채의 외곽

[안토니오와 델리오 등장]

**델리오** 저기 추기경의 창문이 보이는군.
이 성곽은 어느 오래된 사원의 폐허에 세워졌다네.
그리고 강 건너 저 쪽에 성벽이 하나 있는데,
사원 회랑의 한 부분이야. 내 생각키에 이 성벽에서
반향하는 메아리는 더할 수 없이 놀라운 것이라네.
울림이 크고 으시시할 뿐 아니라, 들려오는 말이
너무나 또렷또렷해서, 많은 사람들은 그 메아리가
혼령이 하는 대답이라고 생각한다네.
**안토니오** 이 해묵은 폐허가 난 마음에 들어.
우리가 이런 데서 걸음을 옮기는 동안에는
외경스런 역사의 한 부분에 발을 내딛는 거야.
그리고 드센 폭풍우에 그대로 노출되어 펼쳐진
여기 이 넓은 마당 어딘가에, 그런 사람들 묻혀 있겠지—
교회를 몹시 사랑해서 아낌없이 헌금을 한 사람들 말이야.

최후의 심판 날이 올 때까지 그네들의 유해를
교회가 고이 덮어 지켜줄 거라 생각했겠지—
하지만 모든 건 끝이 있게 마련이고, 교회도, 도회도,
사람들처럼 병들게 마련이라, 우리처럼 다 죽게 돼 있어.

**메아리** "우리처럼 다 죽게 돼 있어—"

**델리오** 자, 메아리가 자넬 잡았네.

**안토니오** 내가 듣기엔 신음 같았어. 그것이 남긴 건
짙은 죽음을 예고하는 여운—

**메아리** "죽음을 예고하는 여운—."

**델리오** 희한하다 했지? 자네 말 따라, 다 될 수 있어.
사냥꾼, 매부리, 풍각쟁이, 아니면 슬픔에 젖은 사람—

**메아리** "슬픔에 젖은 사람—"

**안토니오** 그렇지. 꼭 맞는 말이야.

**메아리** "꼭 맞는 말이야—"

**안토니오** 내가 듣기로는 이건 꼭 아내의 목소리—

**메아리** "아내의 목소리—"[1]

**델리오** 자, 좀 더 멀리 떨어져 걸어 보세.
오늘밤 추기경한테 가지 말았으면 해. 가지 마.

**메아리** "가지 마—"

1 안토니오의 대사는 "my wife's voice"로 끝났고, 이를 반향하는 메아리는 "Ay, wife's voice"이다. 'my'와 'Ay'는 운(rhyme)이 맞기 때문에 후자가 메아리라는 점을 감안하면, 정확한 'echo'라고 볼 수 있다. 번역에 있어서 이를 반향할 말을 찾으려 하다가, 결국 "아내"라는 단어를 되풀이 하는 것으로 만족할 수밖에 없었다.

**델리오** 시들게 하는 슬픔 삭이는 건 슬기가 아니라 시간이야.
시간의 흐름에 맡기도록 해. 몸 보전 게을리 마.

**메아리** "몸 보전 게을리 마—"

**안토니오** 막다른 골목으로 몰린 것 같아.
실제 삶에서 일어난 일들을 곰곰이 생각해 보면,[2]
모면하기 불가능했던 걸 알게 돼—운명을 피해—

**메아리** "운명을 피해—"

**델리오** 쉬— 생명 없는 돌들도 자넬 불쌍타 여겨, 충고하는 모양이야.

**안토니오** 메아리야, 너하곤 이야기하지 않으련다. 넌 살아 있는 게 아니야.

**메아리** "넌 살아 있는 게 아니야—"

**안토니오** 내 여공과 그 어린 것들 지금 고이 잠들어 있을 거야.[3]
아, 다시는 아내를 볼 수 없어?

**메아리** "다시는 아내를 볼 수 없어—"

**안토니오** 여태껏 들린 메아리 중 지금 막 들은 건 달라.
갑자기 환한 빛이 비치면서 슬픔에 잠긴 얼굴이 보였어.

**델리오** 자네 상상일 뿐이야.

**안토니오** 자, 이젠 이 열병(熱病)을 벗어나야겠어.
이렇게 사는 건 사는 게 아니야. 사는 흉내만 내는 거지.

2 Brooke와 Paradise가 편집한 *English Drama, 1580~1642*에는, "Make scrutiny throughout the passages of your own life,"로 되어 있다. Wright와 LaMar가 편집한 Folger Library 단행본과 *The Norton Anthology of English Literature*에서는 'passages' 대신에 'passes'라는 단어가 나온다. 'passages'나 'passes'나 둘 다 '일어난 일들'이라는 의미를 갖는다.

3 안토니오는 아직 그의 아내와 자식 둘이 죽임을 당한 것을 모르고 있다.

지금부터는 반 조각씩 목숨 보전 안 할 거야.
다 잃든가, 다 건지든가—

**멜리오** 용기를 가지고 타개해 나가게.
자네 큰아들을 데리고 자네 뒤를 따르겠네.
혹시 아나? 그 귀여운 얼굴에 어리어 있는 혈친의 모습이
연민의 정을 불러일으키게 될지—

**안토니오** 어찌 됐거나, 또 보세.
우리가 겪는 고통에 운명의 여신이 관여는 하더라도,
우리가 그걸 굳게 견뎌내는 데에는 관여하지를 않아.
고통을 하찮게 여기는 것— 그건 우리 몫이야.

[두 사람 퇴장]

## 4장 밀라노. 추기경이 머무는 성채 안

[추기경, 페스카라, 말라테스테, 로더리고, 그리솔란 등장]

**추기경** 오늘밤엔 병든 공작 곁에서 지켜 볼 필요 없소.
많이 좋아지셨으니까—
**말라테스테** 제발 그분 곁에 있도록 해 주십시오.
**추기경** 아니 되오. 소음을 듣거나 다른 물체를 보게 되면,
정신이 더 흐트러져요. 다들 잠자리에 들어요.
그리고 격렬한 발작을 일으켜 소리지르시더라도,
잠자리에서 일어나지 말아요. 부탁이오.
**페스카라** 그리 말씀하신다면, 그러지요.
**추기경** 그대들 명예를 걸고 약속해야겠소.
공작께서 직접 내게 분부하셨기 때문이요.
그리고 간곡하게 그 명을 내리시는 것 같았소.
**페스카라** 어렵잖은 일이니, 저희 명예를 걸고 지키겠습니다.
**추기경** 그대들이 부리는 자들도 마찬가지요.
**말라테스테** 알겠습니다.

**추기경** 그대들 약속 잘 지키는지 시험하려, 그분 잠드신 후,
나 자신 일어나 그분의 광기를 흉내 내어, 소리쳐 외치며
도와달라 하고, 마치 위험에 처한 듯 행동할지도 모르오.

**말라테스테** 설령 귀하의 목이 잘린다 해도,
맹세를 한 이상, 절대로 가까이 가지 않을 겁니다.

**추기경** 고맙소.

**그리솔란** [옆 사람에게] 간밤엔 지독한 광풍이 불었지요.

**로더리고** 퍼디난드 공의 침실이 버들가지처럼 흔들렸소.

**말라테스테** 악마가 제 자식 놈 잠재우려 다정스레 흔들어 준 거요.

[추기경만 남고 모두 퇴장]

**추기경** 이자들을 내 형 근처에 있지 못하도록 한 이유는
한밤중에 줄리아의 시신을 그것 처소로
보다 은밀하게 옮기려는 것 때문이야.
아, 내 양심이라니! 기도라도 하고 싶지만,
기도 따위를 믿을 거냐고
악마가 내 마음을 날려 버리는군.
이 즈음해서 보솔라에게 시체를 가지러 가라 했는데—
이 일 끝내면, 그자는 죽어. [퇴장]

[보솔라 등장]

**보솔라** 하! 추기경 음성이었어.
내 이름 보솔라를 들먹이고,
내 죽음이 어쩌고 하며 주절댔어.
잠깐! 누가 오는군.

[퍼디난드 등장]

**퍼디난드** 목을 조르면 조용히 죽어.

**보솔라** [방백] 응, 그렇다면 경계 태세 갖춰야겠군.

**퍼디난드** 어떻게 생각해? 조용히 말해. 동의해?
그렇지— 어두울 때 하는 거야. 추기경은
어떤 일이 있어도 의사에게 보여선 안 된다고 해. [퇴장]

**보솔라** 날 죽일 음모야. 이게 살인 행위의 결말이야.
흉칙한 행위는 죽음으로만 치유할 수 있는 걸 아는 한,
보상이니 성스런 구원의 숨결이니, 다 무슨 소용이야?

[안토니오와 하인 등장]

**하인** 여기서 기다리세요. 그리고 안심하세요.
흐릿한 초롱 하나 가져올게요. [퇴장]

**안토니오** 기도하는 동안에 맞닥뜨릴 수 있다면,
용서받을 수 있을 거란 희망이 있으련만—

**보솔라** 내 검 받아라— [안토니오를 찌른다]

기도 같은 것 할 여유도 주지 않을 테다.

**안토니오** 아, 난 이제 끝났구나. 오래 끌어온

간원을 순식간에 멈추게 해 주셨습니다.[1]

**보솔라** 넌 누구냐?

**안토니오** 죽음에 이르러서야, 어르신처럼, 두려움 없이

제 모습 드러낼 수 있게 된 불쌍한 놈입니다.[2]

[하인 초롱 들고 등장]

**하인** 어디 계십니까?

**안토니오** 내 집 아주 가까이— 아니, 보솔라 아닌가?

**하인** 이 무슨 불운—

**보솔라** [하인에게] 연민 따윈 집어치워. 안 그러면 너도 죽는다.

아니, 안토니오야? 내 목숨보다 먼저 구해 주고 싶었던—

우린 그저 별들이 가지고 노는 정구공일 뿐— 별들 마음대로

치고 받아 넘기고 하는구나.[3] 아, 착한 사람 안토니오—

1 안토니오는 추기경에게 용서를 빌고 그와 화해하려는 목적으로 왔기 때문에, 자신을 찌른 사람이 추기경이라 믿고 이 말을 한다.

2 원문은, "A most wretched thing, that only have thy benefit in death, to appear myself." 즉, 당신처럼 떳떳하게 자신의 모습을 있는 그대로 드러낼 수 있는 권리를 죽음을 맞게 되어서야 비로소 갖게 되었다. 이제는 죽음을 앞두었으니 처남 보기를 두려워할 필요가 없고, 내 모습을 있는 그대로 드러낸다.

3 별들이 사람의 운명을 좌지우지한다는 생각은 중세와 르네상스 시대에 널리 퍼져 있었다.

죽어가는 자네 귀에 한 마디만 속삭여 주어
자네 심장 빨리 터지게 해 줌세. 자네의 아리따운 여공과
두 귀여운 아이들은—

**안토니오** 그 이름만 듣고도 나 살아날 것 같네.

**보솔라** 살해되었어.

**안토니오** 슬픈 소식 듣고 나서 죽고픈 마음 든 사람들 있었지.
난 내가 실제로 그렇게 된 게 기쁘다네. 이제 난
내 상처에 약을 바르고 그래서 치유되고 싶은 마음이 없어.
내 생명 바치고 싶은 것들 아무 데도 없으니까—
높은 신분에 이르려 발버둥 하는 가운데,
아슬아슬한 맛보려는 장난꾸러기들처럼,
우리는 허공에 불어 놓은 거품을 따라가는 거야.[4]
삶의 기쁨? 그게 무어야? 열병 앓는 중에 이따금 있는
괜찮은 시간들일 밖에— 삶의 고통을 견디게 하는,
안식에 이르기 전의 준비 기간일 뿐—
내가 왜 죽어야 하는지 묻지 않겠네.

4 비누 거품을 불어 놓고, 그것이 터질 것인지 조마조마해 하며 따라가는 소년들처럼, 우리는 헛된 욕망을 추구한다. 원문은, "In all our quest for greatness, Like wanton boys, whose pastime is their care, We follow after bubbles blown in th'air." 여기서 우리는 셰익스피어의 〈리어왕〉에서 글로스터가 들려주는 대사—"As flies to wanton boys are we to the gods, They kill us for their sport."(4막 1장, 38~39행)—를 떠올리게 된다. 단순히 'wanton boys'라는 구가 되풀이되었기 때문이 아니라, 대사 전체에 깔려 있는 비관적 세계관이 두 대사에 공히 표출되고 있는 것을 보면, 웹스터가 셰익스피어의 영향을 받았음에 틀림없다는 믿음을 갖게 한다.

델리오에게 안부나 전해 주게.

**보솔라** 심장아, 터져라![5]

**안토니오** 그리고 내 아들놈에게 궁정을 멀리하라 일러 주게. [죽는다]

**보솔라** 넌 안토니오를 좋아했던 모양이로구나.

**하인** 추기경님과 화해하시라 제가 여기로 모셔왔지요.

**보솔라** 내가 그걸 물어본 게 아니야.
살고 싶으면 이 사람을 들쳐 메어. 그리고
줄리아 부인이 거처하던 데로 옮기도록 해.
[혼자말] 아, 내 운명이 빨리도 달리는구나!
이 추기경놈을 용광로에 벌써 담가 놓았지.
이젠 망치로 두드릴 일만 남았어.
끔찍스런 착각이었어!
비열한 짓 이상으로 고결한 행위 흉내내지 않을 거야.
내게 어울리는 짓이나 하면 돼.
[하인에게] 어서 서둘러. 그리고 네 어깨에 걸머진
그자처럼, 너도 입 꼭 다물고 아무 말 말아야 해.

[두 사람 퇴장]

5 셰익스피어의 〈리어왕〉 마지막 장면에서 리어가 숨을 거두자, 충신 켄트는 "Break, heart, I prithee break!"(5막 3장, 312행)라고 절규한다. 물론 'Break, heart!'같은 대사는 쉽게 나올 수 있는 것이기는 하지만, 셰익스피어의 대작의 말미에 나오는 대사이기 때문에, 웹스터의 뇌리에 살아 있을 수밖에 없었을 것이다.

## 5장 같은 장소

[추기경 등장. 손에 책을 들고 있다]

**추기경** 지옥에 관한 문제 하나가 머리를 혼란스럽게 해.
저자에 따르면, 지옥에서는 한 줄기 불길이 타오르지만,
모든 사람들을 똑같이 태우지는 않는다는데—
집어치우자. 양심의 가책이란 참으로 따분한 것이야.
내 정원에 있는 연못을 들여다볼 때면, 갈고리로 무장한
무엇인지가 내게 덤벼들려는 태세로 있는 걸 보는 듯 해.

[보솔라와 하인 등장. 하인은 안토니오의 시신을 메고 있다]

이제 오나? 자네 보기가 으시시해.
자네 얼굴에 무슨 대단한 결의가 엿보이는데,
약간의 두려움이 거기 섞여 있구먼.
**보솔라** [검을 뽑으며] 이렇게 실천에 옮긴다. 널 죽이려 왔다.
**추기경** 하! —여봐라, 초병(哨兵)!

**보솔라** 넌 틀렸어. 아무리 소리쳐도 못 들어.

**추기경** 멈춰라. 내 세수(稅收)를 나와 똑같이 나눠 주마.

**보솔라** 네가 하는 기도도, 제안도, 둘 다 이미 늦었어.

**추기경** 경비를 깨워라! 습격당했다!

**보솔라** 네가 도망갈 길은 막혔어.

줄리아 방으로 가는 것까진 봐 주마. 더는 안 돼.

**추기경** 여봐라! 습격당했다!

[무대 위쪽에 페스카라, 말라테스테, 로더리고, 그리솔란 등장]

**말라테스테** 들어 봐요.

**추기경** 날 구하고 내 공국(公國) 가져라![1]

**로더리고** 아무리 우릴 속이려 해도 안 되지.

**말라테스테** 추기경이 아닌데?

**로더리고** 맞아요. 추기경예요. 하지만

저자 목매달리는 걸 보기 전에는 저자한테 안 갈 거요.

**추기경** 날 노리는 음모야. 피습 당했어. 구조 안 하면 난 끝장야!

**그리솔란** 연극을 아주 잘 하는군.

하지만 날 속여 체통 잃게는 못할 걸.

1 원문은, "My dukedom for rescue!" 셰익스피어의 〈리처드 3세〉 끝 부분에서, 보즈워스의 전투에서 패전하여 목숨이 경각에 달린 리처드가 이렇게 절규한다:"My kingdom for a horse!"(5막 4장, 7행) 웹스터의 "My dukedom for rescue!"는 의심할 나위 없이 셰익스피어의 "My kingdom for a horse!"를 반향한다.

**추기경** 내 목에 칼이 닥치려 해.

**로더리고** 그런데 그렇게 큰 소릴 질러?

**말라테스테** 자, 자, 잠이나 잡시다. 앞서 그렇게 신신당부하지 않았소?

**페스카라** 절대로 오지 말라고 당부하기는 했지. 하지만 내 말 들어요—
저 목소린 그 어조가 거짓으로 내는 소리 같지가 않아요. 어찌 됐든,
난 내려가 봐야겠소. 연장을 써서 문들을 열어 볼 테요. [무대 위에서 퇴장]

**로더리고** 거리를 두고 뒤를 따릅시다. 그래서
추기경이 저 사람 놀리는 장면이나 보자구요.

[무대 위쪽에서 말라테스테, 로더리고, 그리솔란 퇴장]

**보솔라** 네놈부터 처치해야겠다. 안 그러면,
구조하려 들이닥치는 놈들 위해 문 열어 줄 테니까. [하인을 죽인다]

**추기경** 내 목숨 노리는 이유가 무엇이냐?

**보솔라** 저길 봐.

**추기경** 안토니오!

**보솔라** 실수로 내가 죽였지. 기도나 해. 빨리 끝내자.
네가 네 누이를 죽였을 때, 넌 정의의 여신으로부터
공평한 저울을 빼앗아 갔고, 칼만 남겨 놓았어.[2]

**추기경** 살려 주게나. [무릎 꿇는다]

2 정의의 여신은 두 눈을 천으로 가리고, 한 손에는 저울을, 다른 손에는 칼을 들고 서 있다.

**보솔라** 이제 보니 네 위엄이란 것도 거죽뿐이었구나.
칼집이 되기도 전에 제풀에 주저앉는 걸 보니 말이다.
더 시간 허비할 것 없다. 자— [추기경을 찌른다]

**추기경** 내게 칼질 했구나.

**보솔라** 다시! [또 찌른다]

**추기경** 저항도 않고 어린 토끼처럼 죽나? —어이, 도와 줘! 날 죽인다!

[퍼디난드 등장]

**퍼디난드** 진격 나팔 불어라! 바꿔 탈 말 가져와라!
선봉대를 결집하라! 그렇잖으면 패전한다!
항복하라, 항복해! 병가(兵家)의 예우는 베풀겠다.
내 검이 네 머리 위에 번득인다. 항복하겠느냐?

**추기경** 도와 줘요. 난 형님 아우예요!

**퍼디난드** 악마! 내 아우가 적군 편에서 싸우다니— [추기경을 찌르고, 엎치락뒤치락하는 중 보솔라에게 치명상 입힌다] 네 몸값도 날아갔다.[3]

**추기경** 아, 천벌 받는구나!
전에 저지른 일로 지금에야 고통을 받으니,
슬픔은 죄가 낳는 첫 자식이라고 말들 하지.

**퍼디난드** 자, 자네들은 용감한 친구들이야.

3 퍼디난드는 아우 추기경을 알아보지 못하고 그를 찔렀다. 또 그 와중에 보솔라도 찔렀다. 적장이 곧 죽게 되었으니, 그가 포로가 되어 몸값 지불하고 송환될 수도 없게 되었다는 말.

씨저의 운(運)은 폼페이의 운보다 더 고약했어. 씨저는
한창 번성할 때 죽었고, 폼페이는 치욕의 발치에서였지.
헌데 너희 둘은 전쟁터에서 죽었어. 고통은 아무 것도 아냐.
고통은 더 큰 고통에 대한 두려움 앞에선 사라지고 말아.
이빨 뽑으려 다가오는 이발사를 보면, 치통도 없어지잖나.[4]
자네들 위해 들려준 철리(哲理)야.

**보솔라** 이제 내 복수는 완벽하구나.
[퍼디난드를 찌르며] 내 파멸의 근원인 너— 가거라.
내 삶의 마지막 부분이 제일 만족스럽구나.

**퍼디난드** 젖은 건초[5] 좀 갖다 다오. 내 숨결이 고르지 않으니—
난 이 세상을 개 사육장으로 밖에 보지 않아. 받아 마땅한
징벌을 뛰어 넘어, 죽음 저 편의 지락(至樂)을 기대해 보련다.

**보솔라** 나락(奈落)에 가까워지니 정신이 돌아오는 것 같군.

**퍼디난드** 내 누이, 아, 내 누이! 원인은 그것이었어—
우리가 추락하는 원인이 야심이든, 피든, 욕정이든,
금강석처럼, 자신의 살로 우린 스스로를 베누나—[죽는다]

**추기경** [보솔라에게] 너도 대가를 지불했구나.

**보솔라** 그래. 내 지친 영혼을 억지로 물고 있다.
내 영혼은 곧 나를 떠날 테지. 거대한 피라미드처럼
넓디넓은 저변에서 시작해 그 위에 우뚝 솟아 있던 네가,

4 이발사들이 간단한 외과적 처치도 겸해서 하고는 했다.
5 말이 숨이 차 할 때 젖은 꼴을 먹였다고 한다.

결국 조그만 점 하나에서, 아무 것도 아닌 상태로
끝장을 보는 것이 난 무척 흡족하구나.[6]

[무대 위쪽에서 내려온 페스카라, 말라테스테, 로더리고, 그리솔란 등장]

**페스카라** 어찌 된 일입니까?
**말라테스테** 아, 이 무슨—
**로더리고** 어찌 된 일이야?
**보솔라** 아라곤의 형제 오라비들에게 살해된 아말피 여공을 위한 복수—
내 이 손으로 죽인 안토니오를 위한 복수—
이자에게 독살된 음탕한 줄리아를 위한 복수—
그리고 마지막으로,
내 선한 천성 거스르는 모든 일 저지르는 데 앞장섰지만,
종국에는 버림을 받은 나 자신을 위한 복수였소.
**페스카라** 어떠십니까, 성하(聖下)?
**추기경** 내 형을 지켜 보아. 여기 이 골풀 바닥에서 싸우는 중에,
우리들에게 이 큰 상처를 입혔어. 바라는데, 제발,
나를 치워 버리고 다시는 생각하지도 말어. [죽는다]
**페스카라** 돌이켜 보니, 구조될 기회를 스스로 막아 버리신 거야.

6 피라미드가 아래 부분은 대단히 넓고 웅대하지만, 위로 올라갈수록 좁아지다가 결국은 뾰족한 점으로 모이고, 그 위에는 아무 것도 없다는 사실에 대한 직유이지만, 추기경이 보솔라 같은 미천한 신분의 사람에 의해 죽임을 당한다는 사실을 시사하는 바도 없지 않다.

**말라테스테** 이 못된 백정 놈아. 안토니오는 어떻게 죽었어?
**보솔라** 안개 속에서— 어찌 그리 되었는지 알 수가 없어.
연극에서 자주 본 그런 착각이었지.[7] 난 이제 죽네.
우리는 그저 생명 없는 벽, 아니면 궁륭 갖춘 무덤과 같아서,
폐허가 되어도, 아무런 되울림도 없을 거야. 잘들 있게나.
고통스럽긴 하겠지만, 이처럼 명분이 뚜렷한 싸움 끝에
죽는 건 나쁠 게 없어. 아, 이 어둠으로 찬 세상—
그림자 속에서, 아니면 어둠의 깊은 수렁에서,
인간은 얼마나 겁먹고 두려움에 떨며 사는 것이냐!
고귀한 정신은 옳은 것을 위해 죽음도 치욕도
견뎌내는 가운데, 결코 불신으로 흔들리지 않아야—
내 삶의 여정은 다른 것이었어. [죽는다]
**페스카라** 내가 궁정에 오자, 선량한 델리오는 안토니오가

7 연극의 대사에서 연극적 상황을 언급한 예가 이따금 있다. 셰익스피어의 〈줄리어스 씨저〉에서 씨저를 척살하고 난 후, 암살자 중의 하나인 캐씨어스는 다음과 같은 말을 한다. "How many ages hence Shall this our lofty scene be acted over In states unborn and accents yet unknown!(얼마나 오랜 세월 흘러도, 아직 생겨나지 않은 나라에서, 우리 아직 알지 못하는 말로, 우리의 이 숭고한 장면 되풀이하여 무대에 재현될 것인가!)"(3막 1장, 110~113행) 이어서 브루터스가 말한다. "How many times shall Caesar bleed in sport……!(씨저는 얼마나 자주 연극 속에서 피 흘릴 것인가!)"(3막 1장, 114행) 또, 〈햄리트〉에서 극중 극(3막 2장)이 시작되기 전 햄리트와 폴로니어스가 나누는 대화에서, 폴로니어스가 학생 시절 연극에도 참여했고, 그가 맡았던 역이 공회당에서 살해당하는 씨저였다는 말을 하는 등, 연극이 진행되어 가는 도중에 연극에 대한 언급이 가끔 나오는 것을 본다. 혹자는 이런 극작상의 한 현상을 놓고 '메타드라마'니 하며 자못 현학적인 분석을 시도하는 경우가 더러 있지만, 연극 공연을 목표로 극작에 몰두하고 있는 극작가의 뇌리에 무대적 상황이 노상 자리 잡고 있는 것은 지극히 자연스런 노릇이다.

여기 있다는 걸 알려 주었고, 그 아들이자 대물림할
잘생긴 젊은이 하나를 보여 주었다오.

[델리오와 안토니오의 아들 등장]

**말라테스테** 아, 너무 늦게 오셨소!

**델리오** 이미 들어 알고 있고, 오기 전 마음의 준비 돼 있었소.
이 참담한 비극에서 값진 결과 이끌어 내고, 우리 힘을 합쳐
이 젊고 희망찬 귀공자를 그 모친의 후계자로 옹립합시다.[8]
이 한심한, 신분만 높았던 자들은
아무런 명성도 사후에 남기지 못할 거요.[9]

8 작가는 이 부분에서 큰 실수를 범하고 있다. 아말피의 여공은 첫 번째 결혼을 통해 낳은 아말피 공국의 적법한 통치 후계자가 있다. 이 극에 한 번도 등장하지는 않지만, 극중 대사에서 이 사실은 분명히 밝혀지고 있다. 누이의 비밀결혼과 사생아 출산을 알게 된 퍼디난드는, 이 사실을 '젊은 아말피 공작'—여공의 첫 남편과의 사이에서 태어 난 아들—에게 알리겠다고 말하는 부분이 있다.

> 그것이 먼젓번 남편하고 난, 내 어린 조카,
> 아말피 공작에게 편지를 써서,
> 그 어미가 얼마나 정숙한지 알려 주어.(3막 3장, 67~69행)

이를 보면, 여공이 죽은 후 공국의 통치권을 승계할 사람은 여공의 장남(첫 남편과의 사이에서 난 아들)이다. 그런데, 작품의 결미에서, 여공의 장남 아닌, 안토니오와의 비밀결혼에서 낳은 아들이 공국 통치권을 승계한다는 것은 말이 안 된다. 웹스터가 잠깐 정신이 나갔던 것일까? 아니면, 여공과 안토니오의 비명횡사에 가슴 아파하고 있을 관객에게 일말의 위로라도 제공하려는 의도로, 작가 자신이 익히 인지하고 있었을 스토리 전개상의 오류를 알고도 범했던 것일까? 참으로 이해하기 어려운 플로트 전개의 실수다.

9 퍼디난드와 추기경에 대한 언급이다.

마치 서리 맞아 쓰러진 자가
눈 위에 발자국 남기지 못하는 것처럼—
햇살이 비치기 시작하면, 형체고 본질이고
녹아 버리고 마는 것— 내 생각은 항상 이러했어요.
신분 높은 사람들이 진실 지킬 마음 들도록 할 때만큼,
자연이 그네들 위해 좋은 일 할 때는 다시없을 거라고—
삶의 진솔함은 명성 가져오는 최상의 길이라—
죽음을 넘어서며 종지부를 장식하리—

[모두 퇴장]

## 작품해설

작가는 작품으로 말한다. 그리고 비단 문학의 세계에서 뿐만 아니라 모든 창작 활동에서 유일한 평가의 기준이 되어야 하는 것은 한 예술가가 남긴 작품의 무게와 질적인 수준이어야 한다. 한 예술인이 살았던 시대에 그가 어떤 사회적 지위를 보유했었던가는, 그의 예술적 성취를 가늠해 보는 데 전혀 고려의 대상이 될 수 있는 사안이 아니다. 살아있는 동안 명성을 누렸던 예술인이 반드시 그의 분야에서 인정을 받을 만한 존재였던가는 오로지 그가 남긴 작품만이 그 가부를 알려 줄 것이다.

위와 같은 생각이 추호도 사실과 어긋남이 없다는 것을 증명하는 사례 중의 하나가 바로 영국 르네상스 극작가의 한 사람인 존 웹스터(John Webster, 1578?~1632?)이다. 웹스터는 극작의 역량에 있어 그를 따를 수 없었던 다른 극작가들을 도와 극작 활동을 한 것으로 알려져 있다. 그러나 그가 단독으로 쓴 작품들 중에서 두 편의 비극, 〈백색의 악마(*The White Devil*)〉(1612)와 〈아말피의 여공(*The Duchess of Malfi*)〉(1613)은 셰익스피어의 비극과 비교해 보아도 그 철학적 깊이에 있어서 뿐 아니라 비극적 분위기의 창출, 그리고 관객의 숨을 멎게 만드는 극적 순간들을 포착함에 있어 결코 뒤짐이 없다는 사실을 잊어서는 안 된다. 아마도 셰익스피어의 비극에 심취하였을 뿐만 아니라, 셰익스피어를 사표로 삼아 그의 작품에 버금가는 작품을 쓰는 것을 한 연극인으로 살면서 웹스터가 그의 삶의 정점이 되는 목표로 삼았던 것이 아니었는가 하는 생각을 금할 수 없다.

한 작가가 쓴 작품의 양이 얼마나 되느냐에 따라 그의 예술적 성취도를 측정하는 것도 의미 없는 관행이라는 것을 나는 웹스터를 읽을 때마다 재확인하고는 한다. 비록 수는 적지만, 웹스터는 셰익스피어의 비극에 버금가는 걸작들을 썼다. 그가 쓴 작품의 수가 적은 것도 창작에 임하는 그의 예술가적 태도에 그 원인이 있었다고 나는 생각한다. 뼈를 깎는 것처럼 극 대사를 정련하는 그의 극작 태도는, 독자에게나 관객에게나 고도로 단련된 문학적 감식 능력과 극중 대사를 음미할 수 있는 심미안을 무거운 짐처럼 지운다.

40여 년 전, 역자가 미국의 어느 주립대학교의 대학원생이었던 시절, 이 작품을 놓고 강의를 하던 교수 한 분이 이런 고백을 한 것을 기억한다. "〈아말피의 여공〉을 읽고 나면, 매번 온 몸에서 진이 다 빠져 나간 것 같고, 정신과 체력이 고갈되어 버린 것처럼 느낀다." 나는 그때 이 말이 그저 단순히 읽어내기 힘든 작품이라는 뜻이라고만 받아들였다. 그러나 세월이 흐르면서 학생들과 이 작품을 같이 읽을 때마다, 나는 그 교수가 무엇을 말하려 함이었는지 알게 되었다. 극의 대사가 그 밀도에 있어 극점을 지향하고 있고,— 따라서 작품을 읽는 독자나 관극을 하는 관객에게 집중은 물론, 강도 높은 의미 파악의 고행을 하도록 요구하고 있고— 단어 하나, 전치사 하나에도 극적 긴장과 긴박감을 압축시키고 있는 웹스터의 언어 제련의 치열함 앞에서, 나는 점차 내 옛날 선생님이 말하고자 했던 것이 무엇인지 알게 되었다.

이것이 예술이다. 과작(寡作)이 과작(過作) 보다 나을 수 있는 것은 이런 점에서 축복이다. 한 번의 아름다운 노래가 여러 번 들려주는 범용한 소리보다 훨씬 바람직하지 않은가? 많은 사람들은 영국의 대표적 극작가는 셰익스피어라고 믿고 있다. 사실이다. 그러나 영국 문학사를 살펴 볼 때 셰익스피어만이 위대한 극작가는 아니었다. 결국은 셰익스피어도 그 숱한 극작가들 중의 하나였을 뿐이고, 그를 돋보이게 만든 것은 그 주변에 많은 '동업자'들이 포진하고 있었기 때문이다. 한 봉우리가 솟구쳐 오른 것을 알기 위해서는 그 주변에 많은 봉우리들이 솟아 있음을 동시에 보아야 가능한 일이 아니겠는가?

## 극의 전개

### 1막 1장 : 아말피 여공의 궁전

얼마 전 프랑스를 방문하고 아말피로 귀국한 여공의 집사장 안토니오는 친구 델리오에게 그가 프랑스 궁정에서 관찰한 바를 들려준다. 안토니오가 들려주는 말의 요지는, 프랑스 국왕이 그 주변을 엄격하게 관리함으로써 나라 전체의 기강이 흔들림이 없도록 한다는 것이다. 그들이 이야기를 나누고 있을 때, 추기경과 보솔라가 등장한다. 보솔라는 추기경의 지시로 자신이 한 일에 대한 대가를 요구하지만, 추기경은 그를 냉대한다. 추기경이 퇴장한 후, 안토니오가 보솔라에게 말을 걸자, 보솔라는 그의 냉소적인 사회관을 토로하고 퇴장한다.

## 1막 2장 : 같은 장소

안토니오와 델리오가 이야기를 나누고 있을 때, 퍼디난드가 궁신들과 함께 등장한다. 그들로부터 조금 떨어져서 안토니오는 델리오에게 여공의 오라비들인 추기경과 퍼디난드 공작의 성격이 어떠한지 차례로 들려주는데, 전자는 음흉하고, 후자는 광폭하다는 점을 강조한다. 이어서 안토니오는 여공에 대한 찬사를 들려준다. 안토니오와 델리오가 퇴장한 후, 추기경이 제안한 대로, 퍼디난드는 누이인 여공에게 보솔라를 마사(馬舍) 책임자로 고용할 것을 부탁한다. 여공 주변에 있으면서 최근에 과부가 된 여공의 행실을 염탐케 하려는 것이다. 여공은 이를 승낙 하고, 퍼디난드가 보솔라에게 이 새로운 일자리에 대해 말해 주자, 보솔라는 냉소적인 반응을 보이면서 이를 받아들인다.

## 1막 3장 : 같은 장소

퍼디난드와 추기경은 누이인 여공에게 재혼할 생각은 아예 하지 말라고 당부한다. 오라비들이 퇴장하자, 여공은 안토니오를 불러들이고, 시녀 카리올라로 하여금 휘장 뒤에 몸을 숨긴 채 두 사람의 대화를 엿듣도록 한다. 이어지는 장면은 여공이 집사장 안토니오에게 사랑을 고백하고, 두려움에 떠는 안토니오가 여공의 뜨거운 청혼을 받아들이는 것으로 되어 있다. 두 사람은 교회가 주관하는 것이 아닌, 지극히 사적인 비밀결혼을 하고 침실로 향한다. 비공식적인 '증인'의 역할을 한 카리올라도 여공의 성급한 비밀결혼에 대해 불안감을 금치 못한다.

## 2막 1장 : 아말피 궁전

궁신으로서 출세할 방도를 묻는 카스트루치오에게 보솔라는 고급 관리들의 언동을 사뭇 풍자하는 투로 응답한다. 여공의 부름을 받고 가는 노파가 나타나자, 보솔라는 여인들이 하는 화장이라는 행위에 대해 실컷 야유를 한다. 곧 이어 안토니오와 델리오가 이야기를 나누며 등장하는데, 안토니오는 델리오에게 여공과 자신이 비밀결혼을 한 사실을 알려 준다. 안토니오에게 보솔라는 사람은 분수에 맞게 살아야 한다는 말을 하며, 근자에 다소 우쭐해 하는 것 같은 안토니오의 언동거지를 비판한다. 곧 여공이 등장하여 숨이 차고 답답하다는 말도 하며, 만삭이 된 여인의 모습을 드러낸다. 보솔라는 준비한 살구를 시험 삼아 여공에게 건네주고, 여공은 살구를 게걸스레 먹는다. 여공은 갑자기 산기를 느끼고 퇴장하게 되고, 진통이 시작된 것을 알게 된 안토니오는 몹시 당황한다.

## 2막 2장 : 같은 장소.

여공이 임신했다는 것을 확신하게 된 보솔라는, 여공의 부름을 받고 급히 달려가는 노파를 붙잡고 한참 놀려준다. 곧 등장한 안토니오는 여공의 침소에 도둑이 들었었다고 하며, 경비를 철저히 할 것을 명함과 동시에, 조사가 끝날 때까지 모든 궁내 근무자들에게 금족령을 내린다고 말한다. 안토니오는 델리오를 로마로 급히 떠나게 하고, 델리오는 떠나기 전 둘 사이의 우정을 다시금 다짐한다. 곧 카리올라가 와서 여공이 아들을 낳았다는 전갈을 하고, 안토니오는 갓 태어난 아이의 별점을 보러 간다.

### 2막 3장 : 같은 장소.

한밤중 보솔라는 여공 침실 근처를 배회하면서, 그 쪽에서 들려오는 여공이 출산의 고통으로 지르는 소리를 듣고 의아해 한다. 그때 안토니오가 나타나 금족령을 어긴 보솔라를 힐난할 뿐 아니라, 살구로 여공을 해하려 했을 것이라는 둥, 여공의 패물이 도난당했는데 보솔라를 범인으로 지목한다는 둥, 적의에 찬 말을 쏟아 놓고 황급히 퇴장한다. 보솔라는 안토니오가 떨어뜨린 별점의 기록을 집어서 읽고, 여공이 그날 밤 출산을 하였다는 확증을 확보하게 된다. 그리고 곧 여공의 오라비들에게 알리기 위해 서신을 써 카스트루치오 편에 보내기로 마음먹는다.

### 2막 4장 : 로마, 추기경의 저택.

로마에 온 줄리아는 추기경을 찾아와, 남편을 배신하고 그와 통정까지 하도록 만들어 놓고, 지금 와서 변심한 것 아니냐며 투정을 한다. 내심으로는 줄리아를 경멸하면서도, 추기경은 줄리아를 향한 그의 마음은 변함이 없다고 말한다. 그 때 하인이 들어 와, 아말피에서 온 신사 하나가 줄리아를 만나고 싶어 한다고 전한다. 추기경이 자리를 뜨고, 곧 델리오가 들어서며 줄리아의 남편 카스트루치오가 말 달려 로마에 온 사실을 줄리아에게 알려 준다.

델리오가 줄리아에게 금화를 건네며 줄리아의 환심을 사려할 때, 하인이 다시 들어와, 카스트루치오가 아말피로부터 가져 온 편지를 읽고 퍼디난드가 대노하였다는 사실을 알려 준다. 델리오는 줄리아에게 기회를 보아 자신의 정부가 되어 달라는 청을 하지만, 줄리아는 이를 비웃고 퇴장한다.

### 2막 5장 : 같은 장소

아말피에서 온 보솔라의 편지를 손에 들고 퍼디난드는 추기경 앞에서 여공의 부정(不貞)한 행실을 놓고 격한 감정을 드러낸다. 두 사람 다 여공의 비밀결혼에 대해 분노하지만, 퍼디난드가 광란하는 모습을 보이는 반면, 추기경은 형 퍼디난드의 지나친 감정 분출을 나무라면서 차갑게 가라앉은 태도를 견지한다.

### 3막 1장 : 아말피 여공의 궁전.

오랜만에 아말피로 돌아온 델리오에게 안토니오는 그 동안 여공이 아이 둘을 더 낳았다는 사실을 알려 주며, 그 동안 아말피 백성들 사이에 여공이 사생아들을 낳았다는 소문이 파다하게 퍼진 것도 실토한다. 그때 퍼디난드와 여공이 등장하여 대화를 나누는데, 퍼디난드는 여공에게 어울리는 배필을 물색 중이라는 말을 하며 여공을 눙쳐 본다. 세간에 떠도는 풍문에 개의치 않겠노라는 퍼디난드의 말에 여공은 안심하고 자리를 뜬다. 퍼디난드는 보솔라에게 여공의 비밀결혼 상대자가 누구인지 알아보았느냐고 묻고, 보솔라는 계속 탐문 중이라고 대답한다. 이어서 퍼디난드는 보솔라에게 명하여 복사한 여공 침실 열쇠를 가지고 그날 밤 여공의 침실에 잠입하여 누이를 추궁하겠다는 생각을 밝힌다.

### 3막 2장 : 여공의 침실

여공, 안토니오, 카리올라, 세 사람이 폭풍이 불어닥치기 전의 고요함 같은 평온을 즐기며 대화를 나눈다. 안토니오는 거울 앞에서 머리를 빗고 있는 여공을 장난삼아 혼자 계속 말하도록 놓아두고, 카리올라와 몰래 빠져 나간다. 그때 여공 뒤에 퍼디난드가 손에 비수를 들고 나타나, 여공을 닦달하기 시작한다. 퍼디난드는 어떻게 해서든지 여공의 비밀 남편의 정체를 알아내어 잔혹한 응징을 하겠노라는 선언을 하고 퇴장한다. 다시 등장한 안토니오에게 여공은 피신처를 마련하여 아말피를 떠나라고 말한 후, 안토니오가 재정상의 부정을 저질렀으므로 그를 해고한다는 공표를 함으로써 안토니오가 궁을 떠나는 데 대한 구실을 마련한다. 남아있는 보솔라는 안토니오의 사람됨됨이에 대한 찬사를 계속하여, 여공은 마침내 안토니오가 내연의 남편임을 실토하게 된다. 안토니오가 앙코나로 피신할 것이라는 말을 들은 보솔라는 여공도 성지 순례를 위장하여 앙코나에서 멀지 않은 로레토로 떠날 것을 종용하고, 여공은 이 제안을 받아들인다.

### 3막 3장 : 로마

신성로마제국의 황제 카를루스 5세가 과거에 탁월한 무인으로서의 경력이 있는 추기경을 군부대 지휘관으로 임명하였다는 전언이 오고, 추기경은 함께 전투에 참가할 고위층 사람들에 대한 평가를 듣는다. 보솔라가 도착하여 추기경과 퍼디난드에게 여공이 로레토로 거짓 순례길에 오를 계획임을 보고한다. 로레토에서 성직자의 예복을 벗고 무장을 하는 의식을 치를 계획인 추기경은, 자신의 영향력으로 앙코나 정부로 하여금 여공과 그의 남편 안토니오를 추방하도록 할 마음을 먹는다.

### 3막 4장 : 로레토의 성당

순례자들이 등장하여 곧 추기경이 성직을 떠나는 탈복(脫服)과 무사로 새로이 태어나는 무장(武裝)의 의식이 있을 것이며, 아말피의 여공도 성지 순례를 위해 그곳에 도착하였다는 내용의 대화를 나눈다. 곧 이어서 무언극으로 추기경의 탈복과 무장의 의식이 진행되고 난 후, 여공과 그의 가족이 제단 앞으로 나왔다가 앙코나 정부의 명으로 추방당하는 광경을 보여준다.

### 3막 5장 : 앙코나 부근의 길

추방당한 여공과 안토니오가 세 아이들과 주인을 떠날 마음이 없는 몇 하인들을 데리고 길목에서 서로를 위로하는 말을 나누고 있을 때, 보솔라가 퍼디난드의 편지를 가지고 나타난다. 퍼디난드의 편지는 안토니오의 안전을 보장할 터이니 즉시 그에게로 와 달라는 내용이다. 여공도 안토니오도 그 편지의 내용을 믿지 않으므로, 여공이 제안하는 대로 안토니오는 큰아들을 데리고 밀라노로 떠나기로 한다. 안토니오가 떠나자 복면을 한 보솔라가 한 무리의 병졸들을 이끌고 다시 나타나, 여공과 그를 따르는 무리를 아말피 궁으로 압송한다.

### 4막 1장 : 아말피 궁전

퍼디난드는 보솔라에게 유폐된 여공의 근황을 묻고, 보솔라는 여공이 기품을 잃지 않고 인고하는 모습을 보고한다. 퍼디난드는 자신이 다시는 누이의 얼굴을 보지 않기로 맹세했기 때문에, 밝은 데서는 만날 수 없다고 하며, 불을 다 끈 어둠 속에서 누이를 방문하겠다고 말한다. 불을 다 치운 상태에서 등장한 퍼디난드는 마치 화해하기 위해 안토니오를 데려온 것처럼, 결혼반지를 낀 손에 입맞춤을 하라고 말하지만, 여공이 어둠 속에서 그 손에 입을 맞추었을 때, 그것이 죽은 자의 손이라는 것을 알고 기겁을 한다. 불을 밝힌 후, 보솔라는 밀랍으로 만든 안토니오와 두 아이들을 보여주면서 그들의 시신이라고 말해 줌으로써 여공을 절망으로 몰아간다. 이 결과에 만족한 퍼디난드는 누이의 고통을 가중시키기 위해 광인들을 그 주변에 풀어 여공마저 미치게 하려는 계획을 보솔라에게 지시한다. 차마 다시는 여공을 자신의 본 얼굴을 가지고는 대할 수 없다고 보솔라가 말하는 것으로 이 장면은 끝난다.

### 4막 2장 : 같은 장소

남편과 자식들이 죽임을 당한 것으로 알고 있는 여공은 절망의 상태에서, 퍼디난드의 지시에 따라 눈앞에서 벌어지는 광인들의 기괴한 언동에 전혀 동요하지 않는다. 퍼디난드는 여공을 죽이기로 결정했고, 그의 지시대로 보솔라는 형리들을 이끌고 여공 앞에 나타나 교살형을 집행할 것임을 당사자에게 알린다. 눈앞에 놓여 있는, 자신이 곧 누일 관(棺)을 보면서도 여공은 의연함을 잃지 않는다. 여공에 이어, 카리올라와 두 아이들도 죽임을 당한다. 퍼디난드가 그 자리에 나타나 누이의 죽어 있는 모습을 보는 순간, 슬픔과 자책으로 어찌할 줄 모르면서 명을 좇아 형 집행을 한 보솔라를 오히려 나무란다. 보솔라에게 포상을 하는 대신, 퍼디난드는 그를 저주하며 다시는 눈앞에 나타나지 말라고 말한다. 보솔라는 밀라노로 가서 안토니오를 도울 결심을 하며 자리를 뜬다.

### 5막 1장 : 밀라노

추기경의 요청에 의해, 안토니오의 소유로 되어 있는 성채를 그곳 통치권을 가진 페스카라가 몰수하였으므로, 델리오는 짐짓 자신이 그 부동산을 물려받기를 원하는 양, 페스카라에게 접근해 보겠다고 안토니오에게 말한다. 그때 추기경이 페스카라에게 쓴 편지를 들고 줄리아가 나타나, 페스카라에게 그 성채를 자기 소유로 하도록 해 달라고 요청하니, 페스카라는 두말없이 이를 승낙한다. 페스카라는 델리오에게 자신이 그리 한 것은, 그 영지가 부당하게 약탈한 것이므로 친구인 델리오보다는 추기경의 정부에게 가는 것이 낫기 때문이었다고 설명한다. 오랜 도피 생활에 지친 안토니오는 그날 밤 위험을 무릅쓰고 추기경을 찾아가 그와 화해할 방도를 모색해 보겠다고 말하고, 델리오도 안토니오 뒤를 따르기로 약속한다.

### 5막 2장 : 같은 장소

퍼디난드의 병문안을 온 페스카라에게 의사는 그 병이 수화광증(獸化狂症)이며 자신이 고쳐 볼 것이라 말한다. 곧 퍼디난드가 등장하여 어김없는 광기를 보이고, 이를 목격한 보솔라는 추기경을 다시 모심으로써 신분 상승을 도모하려 마음먹는다. 추기경은 짐짓 여공이 죽은 사실을 모르는 체하면서, 보솔라에게 안토니오를 찾아내 죽이면 은급을 내리겠다고 또 한 번의 살인 교사를 한다. 추기경이 제시하는 이유는, 안토니오가 죽어야 여공이 재혼을 할 수 있다는 것이다. 보솔라는 이에 동의하는 체하지만, 줄리아가 자신에게 추파를 던져 오자 줄리아를 이용해 추기경의 비밀을 알아내려는 계획을 세운다. 줄리아의 닦달에 몰리는 체하며 추기경은 자신이 여공의 살해에 관여했다는 사실을 털어놓고, 비밀을 지키겠다는 맹세의 표시로 성경에 입 맞추라고 명한다. 줄리아는 독을 묻힌 성경에 입을 갖다 대는 순간 독살 당하고 만다. 옆방에서 모든 것을 엿들은 보솔라가 나타나자 추기경은 잠시 당황하지만, 많은 보상을 약속하며 그날 밤 자기에게 다시 와 줄리아의 시신을 그녀 숙소로 옮기는 일을 하라고 지시한다. 혼자 남은 보솔라는 안토니오를 찾아내어 그를 도와 여공과 아이들의 죽음에 대한 복수를 함께 하여 주리라 결심한다.

### 5막 3장 : 추기경의 성채 밖

추기경에게 탄원을 하려고 온 안토니오와 델리오가 등장하여 대화를 나누는데, 델리오는 안토니오가 그날 밤 추기경을 만나러 가는 것이 왠지 불안하다고 느낀다. 안토니오에게 다가오는 위험을 알려 주려는 듯, 안토니오가 하는 말을 되받아 가며 여공의 무덤에서 메아리가 들려온다. 안토니오가 추기경을 만나겠다는 결의를 변치 않자, 델리오는 나이 어린 조카의 모습이 추기경의 마음을 움직일지도 모른다는 데에 희망을 걸고, 안토니오의 아들을 데리고 뒤따라가겠다고 하며 퇴장한다.

### 5막 4장 : 추기경의 성채 안

보솔라가 줄리아의 시신을 옮길 때 아무런 지장이 없도록 하려, 추기경은 말라테스테, 페스카라, 그리솔란, 로더리고에게 퍼디난드 자신이 원하는 바라는 말을 덧붙여 그날 밤에는 퍼디난드 곁에 있어선 안 된다고 명한다. 퍼디난드가 여공 살해에 대해 말할까 저어하는 때문이기도 하다. 그리고 제아무리 큰 외침이 들리더라도 결코 추기경 가까이 오지 않겠다고 다짐토록 한다. 추기경이 계획하는 것은 보솔라가 줄리아의 시신을 옮기는 일이 끝나면, 보솔라를 죽이려는 것이다. 자신의 이름과 죽음이라는 말을 추기경이 중얼거리는 것을 들은 보솔라는 경계를 늦추지 않기로 마음먹는다. 어둠 속에서 안토니오와 맞닥뜨린 보솔라는 그를 자객으로 오인하고 치명상을 입힌다. 자기가 죽인 자가 안토니오라는 사실을 알게 된 보솔라는 자신의 실수에 대해 장탄식을 하면서, 추기경과 퍼디난드에게 자신이 겪은 냉대는 물론, 안토니오와 여공의 죽음에 대해 복수할 것을 결심한다.

### 5막 5장 : 같은 장소

일말의 양심의 가책을 느끼며 보솔라를 기다리고 있는 추기경 앞에 보솔라가 안토니오의 시신을 멘 하인과 함께 나타난다. 보솔라가 추기경을 위협하며 다가와 그를 찌르자 추기경은 구조해 달라고 외쳐대지만, 어떤 소리가 들려도 절대로 와서는 안 된다는 추기경의 엄명 때문에 아무도 달려오지 않는다. 그때 퍼디난드가 검을 빼어들고 나타나 전쟁 중이라는 착란에 빠져 추기경을 찌르고 보솔라에게도 치명상을 입힌다. 보솔라 또한 퍼디난드에게 치명상을 입히고 나서, 달려 들어온 사람들에게 자신이 한 복수의 성격을 간략하게 말해 준 후, 형제를 같은 자리에서 한꺼번에 죽이게 된 것에 대해 흡족해 하며 그 또한 숨을 거둔다. 뒤늦게 안토니오의 아들을 대동하고 등장한 델리오는 아말피 여공의 후계자로 안토니오와의 사이에서 난 아들이 공국령을 승계할 것임을 선포하며 이 극의 마지막 대사를 들려준다.

## 아말피 여공(女公)의 비극

웹스터가 〈아말피의 여공〉에서 그려 놓은 것은 인간성에 내재하는 악의 분출만이 지배하고 무질서와 혼돈이 팽배한 암울한 세계이다. 이 극에 등장하는 사람들 중에서 선한 자들이 없는 건 아니다. 그러나 주인공인 여공을 포함해, 이 극에 등장하는 사람들은 한결같이 인간적인—더 나아가 사회적인—면에서 결코 가벼이 볼 수 없는 결함을 드러내 보이는 존재들이다.

이 작품에 등장하는 주요 등장인물들은 여느 비극에서와 마찬가지로 선한 사람들과 악한 사람들로 양분할 수 있다. 전자에 포함시킬 수 있는 사람들은 주인공인 여공, 그의 내연의 남편인 안토니오, 그리고 안토니오의 친구인 델리오 등을 꼽을 수 있고, 후자에 해당하는 사람들은 여공의 두 오라비들—퍼디난드 공작과 그의 아우인 추기경—과, 그들이 악행을 저지르는 데에 도구로 활용하는 보솔라이다. 양 진영에 속하는 주요 등장인물들이 각기 세 사람씩이라는 점에서, 적어도 피상적으로는 작품 속에 선인들과 악인들이 대칭적으로 포진하고 있는 것처럼 보이기는 한다. 그러나 전자에 해당하는 사람들이라 할지라도, 그네들의 행동을 지배하는 어떤 가치관이나 도덕율이 있어, 관객이 이를 긍정적으로 수용하고 그네들의 행동에 공감대를 형성할 수 있도록 만들어 주는 것은 아니다.

먼저 비극의 주인공인 여공에 대해 생각해 보자. 극의 초두에 아말피를 방문하였다가 떠나는 여공의 오라비들은 얼마 전 남편을 잃은 누이에게 재혼할 생각일랑 아예 말라고 주의를 준다. 나중에 밝혀지는 사실이지만, 두 사람이 제가끔 누이의 재혼을 막으려 하는 감추어진 원인은, 퍼디난드의 경우, 쌍둥이로 태어난 누이를 향해 갖는 근친상간적인 감정 때문이고, 추기경의 경우에는 그 자신이 후일 고백하듯, 여공의 재산을 탐하였기 때문이다. 이런 숨겨진 원인을 떠나, 그네들이 적어도 표면상 내세우는 이유는 남편의 죽음으로 인해 나이 어린 아들이 성년에 이를 때까지는 공국을 다스려야 하는 처지에 놓인 누이가 공인으로서 처신을 바르게 하여야 한다는 것이다.

그러나 여공은 궁정 살림을 책임지고 있는 집사장 안토니오를 향한 정염을 억누르지 못하고, 시녀인 카리올라만 증인으로 입회한 가운데 안토니오와의 비밀결혼을 감행하고, 곧바로 침실로 향한다. 안토니오에게 구애를 하는 가운데 여공이 들려주는 대사는 나름대로 진정성을 담고 있고, 퍽이나 인간적으로 들린다.

> 지체 높게 태어난 우리들의 고통이라니!
> 아무도 감히 우리에게 구애를 안 하니, 우리가 구애를 할밖에—
> 그리고 군왕이 말을 애매모호하고 아리송하게 해 두려움 주듯,
> 우리 또한 우리들의 격렬한 정염을 표현하기 위해
> 수수께끼 같은 말과 꿈을 빌려 들려주고, 있는 그대로를 보여주는
> 진솔함이 따르는 길을 벗어날 수밖에 없어. 자, 가서 자랑이나 해.
> 나를 실심(失心)토록 했다고— 내 심장 그대 가슴 안에 있어.
> 거기서 사랑을 키웠으면 해. 당신 떨고 있구먼.
> 그대 심장이 날 사랑하기보단 두려움에 젖는
> 그런 매가리 없는 살덩이 되지 않게 해. 여보, 자신을 가져.
> 무엇이 당신 마음을 흩뜨리는 거야? 내 몸은 살과 피라오.
> 내 몸은 죽은 남편의 무덤 앞에 무릎 꿇고 있는

설화석고로 빚은 조상(彫像)이 아니라오. 깨어요, 깨어나요, 당신!
나 지금 그 모든 헛된 체면치레 벗어 던지고,
그대를 새 남편으로 맞고 싶어 하는 한 젊은 과부로
그대 앞에 있어요. 그리고 과부답게, 난 얼굴을 반만 붉혀요.

(1막 3장, 152~167행)

사회적 통념과 인습을 과감하게 깨뜨리고 자신이 원하는 바대로 일을 추진하려는 여공의 결단은 용기 있는 한 여인의 모습으로 우리에게 다가오고, 여공이 자신의 삶을 스스로 결정하려는 의지는 현대의 관객들에게는 큰 호소력을 가질 수 있다. 그러나 개인적인 욕망을 추구하고 그것을 성취하는 여공의 모습은 인간적이기는 하나, 공국을 다스리는 통치자의 처지에서 그가 취하는 앞뒤 안 가리는 저돌적인 행위는 사회질서를 파괴할 위험성을 내포한다. 프랑스 궁정을 방문하고 귀국한 안토니오가 작품 초두에서 델리오에게 들려주는 대사는 귀담아 들을 만하다.

온 나라 국민의 기강을 세우는 데 있어
그곳의 어진 임금은 주변부터 깨끗이 하니,
아첨꾼들이며 방탕하고 소문 나쁜 자들을 왕궁에는
얼씬도 못하게 하는데, 자신의 궁정을 일컬어
주님이 심혈을 기울여 만드신 걸작이라 하더군.
제왕의 궁정이란 모름지기 수원지의 샘과 같아서
맑고 깨끗한 물이 그곳으로부터 유래하니,
행여 못된 독소가 물의 근원지 부근을 오염시키면

죽음과 병마가 온 나라에 퍼진다는 생각이지.

(1막 1장, 5~13행)

뜨거운 사랑으로 맺어진 여공과 안토니오의 결혼은 그 동기가 두 사람만을 놓고 보면 순수하기 그지없다. 신분의 차이를 초월한 두 사람의 결합은 아름답게 보이기조차 한다. 그러나 여공은 현재는 한 공국의 통치자이고, 아들이 성년에 이르면 공국의 통치권을 그에게 넘겨주어야 한다. 그렇기 때문에 그들의 결혼은 내연관계라는 한계를 벗어날 수 없는 것이고, 여기에서 비극은 이미 잉태된 것이다. 여공 자신이 사회질서를 깨뜨렸기에 그의 결혼생활은 물론, 아말피 공국 전체에 혼란을 불러오게 되는 것이다.

여공이 저지른 사회질서 파괴 행위는 엄청난 대가를 요구한다. 살얼음판을 걷는 것 같은 불안한 결혼생활을 하며 자식 셋을 낳지만, 결국은 첫 아들만 살아남고,[1] 모두 처참한 죽음을 맞는다. 심지어는 비밀결혼의 유일한 입회자였던 여공의 시녀 카리올라마저 교살 당한다. 물론, 음흉한 추기경이 뒤에서 조종하는 데 따라, 질투심으로 광분하는 퍼디난드의 지시대로 보솔라가 저지르는 잔인한 살육이지만, 거시적인 차원에서 보면 여공의 질서파괴

1 작품 말미에 델리오는 여공과 안토니오 사이에서 태어난 첫 아들을 대동하고 등장하여 그 소년이 아말피 여공의 후계자임을 천명하지만, 이는 작가가 서둘러서 극을 마무리하는 가운데 저지른 실수인 듯하다. 왜냐면, 극에는 등장하지 않지만, 여공에게는 먼저 남편과의 사이에 난 장남—적통의 공국 통치권 승계자—이 있기 때문이다. 퍼디난드가 하는 말이 이를 입증한다.

[보솔라에게] 그것이 먼젓번 남편하고 난, 내 어린 조카,
아말피 공작에게 편지를 써서,
그 어미가 얼마나 정숙한지 알려 주어.(3막 3장, 67~69행)

행위에 대해 우주 질서를 관장하는 눈에 보이지 않는 어떤 힘이 작용하는 것으로 볼 수도 있다.

그러나 여공이 겪는 시련을 목격하며 관객은 운명의 힘에 대한 두려움과 여공에 대한 연민의 정을 깊이 느끼면서도, 고통을 인고하고 끌어안으면서, 그 고통을 '슬픔의 미학'의 차원으로까지 승화시키는 여공의 군왕다운 모습에 압도되고 만다. 자신을 교살하는 데에 쓰일 오랏줄과 자신이 죽은 다음에 담길 관을 눈앞에 보면서도 의연함을 잃지 않는 여공의 모습은 그의 공인으로서의 과오를 씻어 버리고도 남을 만큼 장엄하다.

보솔라 : 죽음이 무섭지 않소?
여공 : 저 세상에서 그토록 훌륭한 분들 만날 텐데,
  무엇이 두렵겠어?
보솔라 : 하지만, 내 생각엔, 어떻게 죽느냐가 두려울 텐데.
  이 오랏줄이 보기에도 끔찍하지 않소?
여공 : 조금도 안 그래. 금강석으로 내 목을 자른다고,
  아니면 계피로 질식시킨다고, 아니면 진주로 된
  탄환을 쏘아 날 죽인다고, 그게 무어 나을 게 있어?
  죽음은 일만 개나 되는 문을 가지고 있어서, 그리로
  사람들이 퇴장하는 걸 나 알고 있어. 그런데 이 문들은
  절묘한 기하학적인 돌쩌귀에 놓여 움직이기 때문에,
  이 문들을 안으로도 바깥으로도 열 수 있다고 해. 어찌됐든,
  제발 내가 당신들 수군거리는 걸 벗어났으면 해.
  내 오라비들한테 말해 주어— 나 이제 정신이 맑으니,

그 사람들이 줄 수 있고 내가 받을 수 있는 최상의 선물이
죽음이란 걸 나 알게 되었다고— 여자의 마지막 결함을
그만 치워버리고 싶어— 지루하게 긴말 하지 않을 게.

형리 : 준비되었습니다.

여공 : 내 숨결은 그대들 마음대로 처분해. 하지만 내 몸은
내 시녀들에게 넘겨주어. 그렇게 할 거지?

형리 : 예.

여공 : 당겨— 힘껏 당겨— 자네들의 힘이
하늘을 나한테로 끌어내려야 하니까—
잠깐, 하늘에 드는 문은 군왕들의 궁전처럼
그렇게 높이 솟아 있지를 않아. 거기 들어가려면,
무릎을 꿇고 들어가야 돼. [무릎 꿇는다]

(4막 2장, 220~245행)

일찍이 여공은 오라비 퍼디난드에게 이렇게 말했다. "내가 살 운명이든, 죽을 운명이든, 상관없어요. 어느 쪽이 되었든, 난 군왕답게 할 테니까요."(3막 2장, 73~74행) 그리고 죽음을 목전에 둔 여공은 조금도 자세를 흩뜨리지 않고 이렇게 말한다. "나는 언제나 아말피의 여공이야."(4막 2장, 150행) 그 말대로 여공은 군왕답게 죽음을 맞는다. 여공의 죽음의 순간은 '장엄'이라는 말로 밖에는 달리 표현할 길이 없고, 그의 구원의 여지는 바로 여기에 있다. 한 여인으로서 가졌던 애욕을 극복하지 못하였고, 그런 인간적인 결함으로 인해 아말피 공국의 통치자로서 용인될 수 없는 질서파괴 행위를 저질렀지만, 여공이 그 대가로 치루는 고통과 시련은 인간이 감내할 수 있는 한계를 넘어선

것이었고, 이를 담담하게 수용하는 그의 의연한 모습은 관객을 숙연케 한다. 한 남자를 사랑했고 그 사랑에 충실했던 한 여인의 인간다운 본연의 모습과, 한 공국의 통치자로서 그가 끝까지 지켜낸 군왕다운 위엄, 이 둘이 결합함으로써 아말피의 여공을 장중한 비극의 주인공으로 만드는 것이다.

여공의 내연 남편인 안토니오 볼로냐는 사실 이 비극에서 그 성격이 여공의 그것만큼 강렬하게 부각되어 있지는 않다. 웹스터가 이 작품에서 그려 놓고자 한 것이, 범상한 여인들은 엄두도 내지 못할 일을 서슴지 않고 감행할 뿐만 아니라, 그로 인해 닥쳐오는 가혹한 시련을 담담하게 수용하고 용기 있게 초극하는 여공의 군왕다운 풍모였기 때문에, 관객들에게 강한 인상을 주기 위해서는 그녀의 정염의 대상이 되는 안토니오는 선량하고 다소는 심약한 인물로 그려지는 것이 자연스러운 일이었는지도 모른다. 작품 초두에 벌어지는 마상시합에서 가장 탁월한 무사다운 기량을 보여주기는 하지만, 안토니오는 작품 전체를 통해서 소극적이고 다소곳하며, 여공을 보호하여야 하는 남편이라기보다는 오히려 여공에게 이끌림과 보살핌을 받는 성격의 인물로 그려지고 있다.

극이 시작할 때 안토니오가 프랑스 궁정에서 관찰한 바를 친구 델리오에게 말해 주는 대사(앞서 인용한1막3장, 5~13행)를 들으면, 그는 사회적 규범과 상하 간의 위계질서에 무감각한 사람은 아니고, 오히려 자신의 신분에 걸맞은 처신을 함에 있어 한 치의 오차도 없을 인물로 보인다. 그러나 여공의 뜨거운 구애와 청혼 앞에 당혹감을 감추지 못하며 어찌할 바를 모르는 그도, 다음과 같은 대사를 여공과 주고받음으로써, 그 동안 자신의 가슴 속에 담겨 있던 여공을 향한 그의 연모의 정을 조심스레 고백한다.

안토니오 : 한 남자가 결혼을 아니 해서, 자식이 없다 치고,

잃는 것이 과연 무얼까요? 애비라는 별 볼 일 없는 호칭,

아니면 조그만 재롱둥이가 색칠한 막대 잡고

흔들 목마 타는 걸 보는 하잘 것 없는 기쁨,

아니면 찌르레기처럼 재깔대는 걸 듣는 것밖엔—

여공 : 저런, 저런, 왜 그래? 눈 한 쪽이 발개졌잖아.

내 반지를 가져다 대 보아. 사람들 말로는 특효가 있대.

이건 내 결혼반지인데, 내 두 번째 남편 말고는,

이 반지를 누구한테도 벗어 주지 않기로 맹세했어.

안토니오 : 벌써 빼셨는데요.

여공 : 그래, 그대 더 잘 보라고—

안토니오 : 제 눈 멀게 하셨는데요.

여공 : 어떻게?

안토니오 : 주제넘고 야심 찬 악마 한 놈이 이 동그라미 속에서 춤을 춥니다.

여공 : 없애 버려.

안토니오 : 어떻게요?

여공 : 퇴마식(退魔式) 따로 할 필요 없어—

그대 손가락이 할 수 있으니까— 이렇게— 꼭 맞지?

[안토니오의 손가락에 반지 끼운다, 안토니오 무릎 꿇는다]

안토니오 : 무어라 하셨습니까?

여공 : 여보, 너무 그렇게 낮은 지붕 아래로 기어들지 말아요.

그걸 내가 높이지 않으면, 난 거기 바로 설 수도 없고,

말도 못하겠으니— 일어나요, 아니면, 그대가 원한다면,

내가 도와줄까? 자. [안토니오를 일으켜 세운다]

안토니오 : 전하, 야심이란, 옥조이는 사슬과 밀폐된 골방 아니라,

환히 밝힌 저택에 거처하면서, 말 많은 방문객들의 시끌덤벙한

소란에 둘러싸인 지체 높은 분에게나 어울리는 광기라서,

도저히 치유가 불가능한 거지요. 전하의 의중이 무엇인지

짐작 못할 정도로 제가 아둔타고는 생각지 마십시오. 하지만,

춥다고 활활 타는 불 속에 두 손 녹이려 넣는 자는 바보지요.

여공 : 자, 첫 삽이 땅 파길 시작했으니, 얼마나 값진 광산을

나 그대 것으로 만들어 주려는지 알게 될 거예요.

안토니오 : 아, 저처럼 하찮은 것에게!

(1막 3장, 113~144행)

이 장면은 서로의 사랑을 고백하는 지극히 아름다운 순간이지만, 동시에 아말피 공국의 사회적 질서가 무너지는 순간이기도 하다. 거리낌 없이 사랑을 주고받을 수 있는 처지의 남녀가 아니라, 아말피라는 공국의 통치자가 그를 모시는 집사장을 남편으로 지목하고, 후자는 가슴 저리게 하는 두려움에도 불구하고 여공의 청혼을—비록 그것이 자신이 모시는 군주의 명일지라도—받아들이기 때문이다.

안토니오가 순수하기만 한 인물이 아님은, 여공의 내연의 남편이 된 후로 그가 타인의 눈에 뜨일 정도로 치부를 하였다는 사실로도 입증이 된다. 3년 동안 떨어져 있던 친구 델리오를 다시 만나 그 동안에 있었던 일을 들려주는 가운데 안토니오는 이런 말을 한다.

그자들은 내가 온당치 못한 방법으로 터무니없는
부(富)를 쌓아가는 걸 예의 주시하는데, 여공께서
마음만 먹는다면 이를 못하게 할 수 있다고 생각하지.
그자들 말은, 통치자들이란, 그들 밑에서 일하는 관리들이
부(富)를 축적할 방도를 마음껏 누리는 걸 못마땅하게
생각더라도, 부리는 관리들이 국민들에게
혐오스런 존재로 비칠까 저어하여, 묵인해 준다는 거야.
여공과 나 사이에 연정이나 혼인 관계가 있다는 사실은
꿈에도 상상하지는 못해.

(3막1장, 28~36행)

여기서 분명해지는 것은, 여공과 안토니오의 비밀결혼이 단순히 두 사람 사이의 사적인 결합으로 끝난 것이 아니라, 아말피라는 공국의 재정마저도 그 투명성을 잃게 만든 결과를 낳게 되었다는 사실이다. 여공과 안토니오의 비밀결혼이 지고지순한 사랑의 결합으로만 지속하지 못하였다는 사실이 큰 아쉬움으로 우리에게 다가온다.

안토니오의 절친한 벗 델리오가 보여주는 행적은 여러 면에서 그의 도덕성에 큰 의문부호가 따라붙도록 한다. 극중에서 안토니오가 속내를 털어놓고 이야기를 나눌 상대는 델리오 한 사람 뿐이다. 그리고 이 둘은 의심할 나위 없이 서로 마음이 통하고 변치 않는 우정을 맹세한 사이이다. 유유상종(類類相從)이란 말이 의미하는 바를 따르면, 여공이 그토록 흠모하고 사랑하는 안토니오의 지기 델리오는 도덕적으로 하자가 없는 인간이어야 마땅하다. 그러나 안토니오가 자신의 마음을 다 주는 친구인 델리오가 보여주는 행

동은 도덕율에 대한 존중과는 거리가 멀다. 안토니오의 부탁으로 로마에 와 추기경을 만나려 그의 저택에 도착했을 때, 이미 거기 와 있던 줄리아와 조우하게 되자, 델리오는 늙은 카스트루치오의 아내인 줄리아에게 틈을 보아 자기와 통정을 하자는 제안을 하며 금전적인 유혹도 서슴지 않는다(2막4장). 안토니오가 마음의 벗으로 대하는 델리오가 안토니오의 내면세계를 내비치는 거울인 것인가, 아니면 안토니오는 델리오를 잘못 보았고, 따라서 이 작품에서 유일하게 부각된 두 사람 사이의 우정은 결국 영혼과 영혼의 만남에는 미치지 못하는 것인가?

여공과 안토니오의 비밀결혼을 알고 난 뒤, 이네들의 가정을 파탄으로 몰아가는 것은, 적어도 표면상으로는 여공과 쌍둥이로 태어난 그녀의 오라비 퍼디난드이다. 누이의 비밀결혼 앞에서 퍼디난드가 보이는 광기 어린 질투는 병적이다. 의심할 나위 없이, 퍼디난드의 가슴에 분노와 질투의 광풍이 일게 만드는 것은, 퍼디난드 자신은 의식하지 못하지만, 쌍둥이로 함께 태어난 누이를 향한 그의 근친상간적 욕망이다.[2] 그러나 이 비극에서 정말로 악마 같은 존재는 퍼디난드의 뒤에서 그 모든 잔인한 일들을 꾸미고 조종하는 추기경이다. 성직자이면서도 그는 재산에 대한 욕심이 남달리 많다. 그리고 늙은 카스트루치오의 아내인 줄리아를 유혹하여 통정을 한 후, 그녀가 차츰 골칫거리가 되어 가자 독을 바른 성경에 입 맞추게 하여 독살해 버리고 마는 극악무도한 인간이다. 퍼디난드는 정신병리학적으로 연구를 해볼 만한 케

2 4막 1장에서 캄캄한 밤중에 퍼디난드가 여공의 침소에 나타나, 안토니오의 손이라고 하며 죽은 남자의 손목을 여공에게 내밀며 입 맞추게 하는 장면이 있다. Clifford Leech는 이 차갑고 축축한 손목을 남성의 성기를 유감시키는 'phallic symbol'이라고 설명한 적이 있는데, 나는 굳이 그렇게까지 읽고 싶지는 않다. 누이가 자기도 모르게 안토니오와 비밀결혼을 한 데 대한 분노로 인해 잔혹하게 가하는 정신적 고문의 한 예라고 보면 될 것이다.

이스이고, 추기경은 글자 그대로 악마의 현현이라고 볼 수 있다.

그러나 우리의 관심을 제일 많이 끄는 무대 인물은 퍼디난드도 아니요, 추기경도 아니다. 물론 이 두 오라비들은 사악한 존재들이고, 여공의 가정을 파괴하는 것은 물론, 누이에게 더할 수 없이 혹독한 정신적 고문을 자행하다가, 급기야는 관객들마저 소스라칠 잔혹한 방법으로 누이를 처형하고 만다. 이 모든 행위를 직접 지시하는 것은 퍼디난드이지만, 퍼디난드 뒤에서 모든 일을 조종하면서 간악하고 잔혹한 범죄행위를 총괄하고 보이지 않게 지휘하는 자가 추기경이다. 그런데 우리의 관심은 이 두 악인들보다는 퍼디난드의 지시대로 행동하는 하수인 보솔라에게 쏠린다. 보솔라의 심리적 움직임은 셰익스피어가 창출해 낸 악마적 인물 이아고의 그것을 방불케 하기 때문이다. 보솔라는 웹스터가 이 작품 속에 그려 놓은 인물들 중에서 가장 난해한 성격의 소유자이다. 작품 초두에 안토니오가 델리오에게 보솔라를 평하며 이런 말을 한다.

> 저기 불평쟁이 보솔라가 오는군.
> 저자가 주위 사람들을 노상 닦아세우는 건
> 무어 저자의 고매한 성품 탓은 아닐세.
> 실상 저자 는 바로 자기가 갖고 싶은 것이
> 막상 자신에겐 주어지지 않으니까 투정하는 걸세.
> 기회만 주어진다면, 저자도 누구 못지않게
> 음란하고, 탐욕스럽고, 오만하고, 잔인할 테고,
> 시샘이 많은 자일세.

(1막1장, 21~28행)

그리고 조금 후에 다음과 같은 말을 덧붙인다.

> 저런 친구가 괄시를 받다니 안됐네.
> 소문인즉 꽤나 용감한 친구라더군.
> 이 못된 우울증이 저자의 좋은 점을
> 다 죽여 버릴 걸세. 과다한 수면이 인간의 영혼을
> 안으로부터 녹슬게 하는 게 사실이라면,
> 하는 일 없이 지내는 것이야말로
> 불평분자를 만들어 내기 십상이지.
> 안 입는 옷에 좀이 스는 것과 같은 이치지.
>
> (1막 1장, 82~89행)

앞으로 자신에게 큰 고통을 안겨 줄 보솔라에 대해 안토니오가 이토록 정확하게 진단을 한다는 사실은 실로 극적 아이러니의 극치이다.

보솔라는 욕구불만과 열등의식과 자신이 속한 사회를 향한 증오심으로 찌들은 자다. 그리고 그는, 유감스럽게도, 지식인이다. 그러나 자신의 '학문'을 마음껏 펴보지 못한 좌절감과 자아멸시로 쪼그라들은 자이다.

> 실비오 : 저 보솔라는 어떤 자야?
> 델리오 : 내가 파두아에 있을 때 알게 되었는데,
> 참 희한한 걸 연구하는 학자지— 이를테면,
> 헤라클레스의 몽둥이에 불그러져 나온 매듭이 몇 개였나,
> 아킬레스의 턱 수염은 무슨 색깔이었나, 아니면

헥토르가 치통으로 고통받지는 않았나— 무어 이런 거야.
씨저의 코가 정말로 대칭을 이루었는가를 편자 박는 뿔로
확인해 보려 눈이 뿌옇게 될 때까지 연구했다네. 헌데,
이 모두가 심오한 학문 이룬 자란 명성 얻기 위함이었다네.

(3막 3장, 38~46행)

나름대로 학문을 한답시고 책갈피는 뒤적여 보았지만, 학자로서 아무런 성취도 한 바 없는 보솔라는 추기경에게 일자리를 구해 달라고 추근거리는 실직자이고, 불평불만에 가득 찬 사회 증오자이다. 이런 그를 추기경은 자신의 의도에 부합하는 용도에 쓸 양으로 형 퍼디난드를 사주하여 여공의 마사(馬舍) 관리인으로 고용토록 하여, 여공의 사생활을 염탐하게 한다. 말똥 냄새에 찌들어야 하는 자신의 처지에 모멸감을 느끼면서도, 보솔라는 주어진 염탐꾼의 역할을 착실하게 수행한다. 문제는 여공의 사생활 염탐꾼이라는 비열한 임무를 부여받고 이를 수행하는 보솔라가 단순히 생계를 위해서만 그렇게 하는 것이 아니라는 사실이다. 보솔라는 과거에 자기를 암살 하수인으로 고용했던 추기경뿐만 아니라, 여공의 마사 책임자 자리를 마련해 준 퍼디난드, 이 두 형제의 실체를 속속들이 파악하고 있으며 이네들을 마음 속 깊이 경멸하면서도, 자신에게 부과된 임무를 즐거운 마음으로 수행해 나간다. 금전적 보상만은 아닌, 보솔라 자신도 왜 그런지 모를 쾌감을 수반하는 일이기 때문이다.

저자의 형제는 고여서 썩는 연못 위로
꾸부정하게 자라는 오얏나무 같다오.

보기에는 풍성하게 열매가 주렁주렁 달리지만,
그걸 먹는 건 까마귀, 까치, 송충이 뿐이지요.
내 만약 저자들에게 붙어먹는 뚜쟁이라도 된다면,
거머리처럼 귓바퀴에 달라붙어 실컷 빨아 먹다가
배부르면 나가떨어지겠소.

(1막 1장, 53~59행)

이처럼 자신이 극도로 경멸하는 사람들의 하수인이 되어 그네들이 지시하는 바대로 행동한다는, 스스로에게 부여한 '역할놀이(role-playing)'를 하고는 있지만, 사실은 그러한 처지에 있는 자기 자신을 동시에 혐오하는 복잡한 심리 상태에 놓여 있다는 사실을 자신은 미처 감지하지 못한다. 입에 풀칠하기 위해 마지못해 여공의 마사(馬舍) 책임자로 있고, 퍼디난드의 지시에 따라 마지못해 여공의 사생활 염탐꾼 노릇을 하고 있는 것이라고 자신의 처지를 스스로에게 정당화한다. 그러나 그의 마음 깊숙이 그러한 비열한 행위를 하며 삶을 영위하는 자신에 대해 스스로 느끼는 자격지심을 아니 가질 수 없고, 그로 인한 고통의 화살을 피하기 위해서는, 모든 악행의 원인을 자기를 부리는 사람들에게 돌려야만 한다. 그리고 자신을 그토록 굴욕적인 상황에 몰아넣은 칼라브리아 공작 퍼디난드와 그의 아우인 추기경에게 응분의 복수를 해야만 한다. 어떻게? 이네들의 누이인 아말피의 여공을 철저히 파괴하고 그녀의 삶을 비참하게 만드는 데에 만족하지 않고, 한 공국의 통치자가 지녀야 할 위엄을 완전히 박탈하고, 목숨을 보전하기 위해 비루하게 애걸하는 초라한 여자로 전락시키는 것이 보솔라가 원하는 바다. 학자로서도 실패한 인생이고, 먹고 살기 위해 살인 하수인 노릇도 마다 않는 자인데, 그 모든 원인을 자신을 먹여 살리는 상전들의 탓으로 돌리고, 자기는 어디까지나 선의의 피해자이자 상황의 노예가 된 희생자라고 자기 정당화를 하며 악행을 저지르는 보솔라에게서 우리는 인간성에 내재하는 교활한 악마적 심리의 작용을 본다.

성지순례의 명분을 내세워 앙코나로 도피하였던 여공이 다시 앙코나로부터 추방되어 처절한 여정에 올랐을 때, 그녀 앞에 복면을 한 보솔라가 나타나 그녀를 퍼디난드가 거처하고 있는 아말피 궁으로 압송한다. 보솔라는 왜 복면을 해야만 했을까? 자신이 여공의 마사 책임자라는 사실을 감추기 위함이라기보다는, '가면'을 쓰고 행동하는 자신의 실체를 노출하기가 싫었던 것이라고 봄이 옳다. 그 '가면'은 타인을 의식한 것만은 아니다. 유폐되어 있는 누이의 근황을 퍼디난드가 묻고 나서 앞으로의 계획을 말하자, 보솔라는 이렇게 말한다.

보솔라 : 제발, 이쯤에서 그만 멈추세요.
  그리고 잔인한 일 더는 하지 마세요.
  그분의 섬세한 피부에 껄끄럽게 스칠
  거친 속죄의 옷 한 벌 보내시고,
  염주와 기도서나 갖추어 주세요.
    (…중략…)
  그분을 또 보아야 합니까?
퍼디난드 : 그래.
보솔라 : 절대로 다시는—
퍼디난드 : 그래야 돼.
보솔라 : 절대로 제 얼굴 드러낸 채로는—

제 염탐질과 바로 얼마 전의 거짓말로
안면 몰수당했습니다. 다시 저를 보내실 땐,
제가 맡아야 할 일은 위로라야 합니다.

(4막 1장, 125~148행)

보솔라가 자신의 정체를 드러내고 싶지 않은 상대는 여공만이 아니다. 보솔라가 위와 같은 말을 퍼디난드에게 할 때, 그가 진정으로 자신의 참 모습을 보여 주고 싶지 않은 상대는 여공이 아니라 바로 자기 자신이다. 그가 쓰는 가면은 타인을 의식해서라기보다는 자신의 진면목을 자신에게 감추기 위함인 것이다. 자못 여공에 대해 연민의 정마저 느끼는 듯한 말을 퍼디난드에게 하고 있지만, 이는 진심이 아니다. 아니, 자신은 제법 인간미가 있는 존재라고 스스로 믿고 싶은 마음에서 떠벌이는 공허한 말일 뿐이다. 퍼디난드가 명하는 대로 잔혹한 행위를 서슴지 않고 수행하면서도, 그 모든 책임을 퍼디난드에게만 귀속시키고 자신은 마지못해 상사의 명을 따르는 '선의의 피해자'라고 스스로 믿고 싶은 것이다.

이처럼 교활한 보솔라의 자기기만은 극이 끝날 때까지 조금도 변함없이 지속된다. 4막 2장에서 여공을 교살하기 전, 곧 죽음을 맞이야 하는 여공에게 그가 가하는 정신적 고문은, 그가 퍼디난드에게 한 위의 말—"다시 저를 보내실 땐, 제가 맡아야 할 일은 위로라야 합니다"(4막 1장, 147~148행)—이 얼마나 거짓된 것이었는지 입증하고도 남음이 있다.

당신은 벌레 알로 꽉 찬 상자야— 기껏해야
채 마르지 않은 시체 살점 반죽되어 연고처럼 담긴 곽이지.

이 육신이 무엇이던가? 보잘것없는 우유 엉킨 것이고,
야릇하게 부풀린 반죽이지. 우리의 육신이란 게, 애들이
파리들 간직하는 데 쓰는 종이 곽보다 약하고, 더 보잘것없지.
왜냐면 우리 몸은 지렁이들 위한 것일 뿐이기 때문이야.
종달새가 새장에 갇힌 것 보았소? 영혼이 육신에 갇힌 게
바로 그 짝이요. 이 세상은 영혼의 작은 뗏장일 뿐이고,
우리 머리 위에 있는 하늘은, 영혼의 거울인 양, 우리를
가둔 감옥이 얼마나 좁은 것인지 겨우 깨닫게 해 줄 뿐이라오.

(4막 2장 131~140행)

악마의 현현이라고밖에 볼 수 없는 보솔라는 여공이 육신의 죽음을 맞기 전, 정신적으로 완전히 와해되고, 인간으로서의 존엄성을 상실하는 단계로까지 몰아가려 이런 끔찍스런 대사를 들려주는 것이다. 여공으로 하여금 아말피 공국의 통치자라는 신분에 걸맞은 위엄은 고사하고, 한 인간으로서의 자부심마저 완전히 짓밟고 말살한 연후에 그녀를 교살하려는 비열한 심사가 여실히 드러나는 대사이다. 위의 대사를 들으며, 관객은 무슨 '*memento mori*'니 하는 현학적 어휘를 떠올릴 필요도 없다. 왜냐면 보솔라의 의도는 여공을 살해하기 전에 정신적, 인격적으로 그녀를 완전히 파괴해 버리려는 악마적인 것이기 때문이다. 그러나 여공은 눈 하나 깜짝하지 않고 의연하게 죽음을 맞는다. 비록 육신은 두 오라비들의 비열한 하수인인 보솔라에게 빼앗기지만, 여공은 자신이 어김없는 아말피 공국의 통치자이며 카스틸 가문의 피가 흐르는 군왕임을 여실히 증명한다.

내가 그대의 여공이 아니던가?

(…중략…)

나는 언제나 아말피의 여공이야.

(…중략…)

당겨— 힘껏 당겨— 자네들의 힘이
하늘을 나한테로 끌어내려야 하니까—
잠깐, 하늘에 드는 문은 군왕들의 궁전처럼
그렇게 높이 솟아 있지를 않아. 거기 들어가려면,
무릎을 꿇고 들어가야 돼. [무릎 꿇는다] 자, 참혹한 죽음아,
나를 잠들게 만들 맨드라고라 노릇을 하렴!
나 죽어 누우면, 내 오라비들한테 가서 말해—
이제는 마음 편하게 식사할 수 있을 거라고—

(4막 2장, 141~248행)

열등감에 찌들은 보솔라가 제아무리 여공의 군왕다운 기개를 꺾어 버리고 나서, 그녀에게 처참한 죽음을 맞게 함으로써, 자신의 내면에 깊이 자리 잡고 있는 열등감을 조금치라도 어루만져 줄 성취감을 얻으려는 그의 노력은 이렇게 해서 무위로 끝나고 만다.

퍼디난드와 추기경으로부터 자신이 한 행위에 대한 보상은커녕, 냉혹한 내침을 받은 보솔라는 그네들의 '배은망덕'에 치를 떨며, 이번에는 안토니오를 도와 그의 목숨을 지켜주고, 나아가서는 아라곤의 형제들에게 복수를 할 마음을 먹는다.

아, 불쌍한 안토니오, 자네가 지금 처한 상황이 절박하게
부르는 건 연민의 정이지만, 그것만큼 위험한 것도 없어.
내딛는 발걸음 하나하나를 조심해야 돼. 이처럼 미끄러운
얼음 덮인 길에서는, 못 박힌 구두를 챙겨 신어야 해.
그렇게 하지 않으면 목을 부러뜨릴 수 있어.

(…중략…)

그러면, 선량한 안토니오, 내 자네를 찾아낼 걸세.
그리고 난 자네가 이 잔혹한 흡혈귀들의 마수를 벗어나
안전하게 될 수 있도록 온 힘을 다 할 것이야.
이자들 벌써 자네의 피를 흘리지 않았나— 어쩌면,
나는 자네를 도와, 지극히 정당한 복수를 해낼지도 몰라.
아무리 약한 팔이라도 정의의 검으로 가격(加擊)할 때에는
강할 수밖에 없는 거야. 언제나 여공이 내 눈앞에 어른거려.
저기— 저기— 이건 다 내 우울증 때문일 거야.
아, 참회여— 진심으로 너의 참 맛을 보게 해 다오.
참회하는 자 바닥에 엎드리나, 그리 해야 일어나는 것—

(5막 2장, 344~362행)

이 대사를 들으며 관객은, 보솔라가 자신이 저지른 잔혹한 행위—여공과 그녀의 자식들을 교살한 것—에 대해 양심의 가책을 느끼며, 안토니오를 도와 여공 오라비들에 대한 복수를 거들어 주리라 스스로 맹세하는, '개심'의 순간이 온 것으로 받아들여서는 안 된다. 아라곤 형제들의 보상이 전무한 지금의 상황에서는, 그에 대한 보복이 있어야만 한다. 보솔라는 교활하게도, 여

공과 그녀의 자식들을 살해한 자신의 행위에 대해 짐짓 참회하는 듯한 모습을 스스로에게 연출하면서, 안토니오를 지켜 주고, 그가 아내와 자식들의 죽음에 대한 복수를 결행하는 데에 도움을 줌으로써 자신의 죄를 조금이나마 씻어 보려 노력하는 모습을 스스로에게 보여 준다. 악이 악을 행할 때에는 항상 선을 표방한다는 사실을 우리는 늘상 보아서 익히 알고 있다. 보솔라의 마음속에 타오르는 것은 퍼디난드와 추기경에 대한 복수의 일념이다. 그러나 그는 여태까지의 자신의 행위를 참회하면서 안토니오를 도와 그의 복수에 조력을 아끼지 않겠다고 마음먹는 양, 교활한 자기 합리화를 하고 있다. 그렇기 때문에, 모든 일이 뒤틀어지고, 자신이 의도했던 바와는 달리, 자신이 안토니오를 죽이게 된 상황을 맞게 되자, 보솔라는 이렇게 탄식한다.

> 아니, 안토니오야? 내 목숨보다 먼저 구해 주고 싶었던—
> 우린 그저 별들이 가지고 노는 정구공일 뿐— 별들 마음대로
> 치고 받아 넘기고 하는구나. 아, 착한 사람 안토니오—
> 죽어가는 자네 귀에 한 마디만 속삭여 주어
> 자네 심장 빨리 터지게 해 줌세. 자네의 아리따운 여공과
> 두 귀여운 아이들은—
> (…중략…)
> 살해되었어.

(5막 4장, 59~66행)

죽어가는 안토니오에게 아리따운 여공과 두 귀여운 아이들은 살해되었다는 말을 들려주는 보솔라는 과연 인간인가, 아니면 악마인가? 비록 죽어가는

안토니오의 귀에 한 마디만 속삭여 주어 그의 심장이 빨리 터지게 해 주겠다는, 자못 '안락사'를 시도하는 자비심을 표방하고 있지만, 보솔라는 죽기 직전까지도 악마임에 틀림이 없다. 불쌍한 안토니오에게 아내와 자식들은 무고하다고 말해 주어, 숨 거두는 사람에게 찰나의 안도감이라도 맛보게 하여 주는 것이 인간적 도리이다. 이 장면에서 우리는 인간성의 완전한 파멸을 목격한다.

무엇이 보솔라를 그토록 저열하고 잔혹하고 간악한 인간이 되게 만든 것일까? 보솔라가 마지막 숨을 몰아쉬며 하는 말을 들어보자.

> 내 영혼은 곧 나를 떠날 테지. 거대한 피라미드처럼
> 넓디넓은 저변에서 시작해 그 위에 우뚝 솟아 있던 네가,
> 결국 조그만 점 하나에서, 아무 것도 아닌 상태로
> 끝장을 보는 것이 난 무척 흡족하구나.
>
> (5막 5장, 80~83행)

이것이 보솔라라는 인간의 본질을 그대로 드러내는 말이다. 한때는 거목으로 우뚝 섰던 칼라브리아 공작 퍼디난드나 교황청을 드나들던 추기경이 자기 발밑에 쓰러져 죽어가는 것을 보는 순간, 삶의 희열을 느끼는 보솔라—그가 실패한 학자 퇴물이라는 사실을 잊지 말자—가 보여주는 것은, 인간이 가장 감추고 싶어 할 뿐만 아니라, 인간 모두가 인정하고 싶지 않은, 인간성에 내재하는 가장 추악한 일면이다. 우월한 자에 대해 열등한 자가 갖는 증오심, 바로 그것이다. 그러나 보솔라의 비극은 '우월'과 '열등'을 가르는 진정한 척도가 무엇인지 알지 못했다는 데에 있다. 그는 단순히 사회적인 신분과

재력만을 그 기준으로 삼았던 것이고, 여기에 그의 비극의 본질이 있다. 죽음의 순간에 이르러 보솔라는 삶의 진리를 보았던 것일까?

> 우리는 그저 생명 없는 벽, 아니면 궁륭 갖춘 무덤과 같아서,
> 폐허가 되어도, 아무런 되울림도 없을 거야. 잘들 있게나.
> 고통스럽긴 하겠지만, 이처럼 명분이 뚜렷한 싸움 끝에
> 죽는 건 나쁠 게 없어. 아, 이 어둠으로 찬 세상—
> 그림자 속에서, 아니면 어둠의 깊은 수렁에서,
> 인간은 얼마나 겁먹고 두려움에 떨며 사는 것이냐!
> 고귀한 정신은 옳은 것을 위해 죽음도 치욕도
> 견뎌내는 가운데, 결코 불신으로 흔들리지 않아야—
> 내 삶의 여정은 다른 것이었어. [죽는다]
>
> (5막 5장, 101~109행)

인간의 삶이란 "옳은 것을 위해 죽음도 치욕도 견뎌내는 가운데, 결코 불신으로 흔들리지 않아야" 한다는 진리를 말하며, 자신의 삶의 여정은 그와는 다른 것이었다고 토로할 때, 보솔라는 마지막 깨달음을 이룬 듯하다. 모든 인간의 공통된 숙명은 이미 되돌이킬 수 없는 상황에 이르러서야 깨달음이란 것이 오게 된다는 삶의 철리는, 우리가 사는 인생이라는 극이 담고 있는 비극의 요체이기도 하다.

2012년 석가탄신일

이성일

## 작자소개

존 웹스터(John Webster, 1578?~1632?)는 런던의 마차 제조업자의 아들로 태어나, 그 자신도 마차 제조업에 종사하면서 동시에 극작 활동을 하였다. 동시대 극작가들과 합작으로 여러 작품들을 쓴 것으로 알려져 있으나, 웹스터가 윌리엄 셰익스피어나 크리스토퍼 마알로에 버금가는 영국 르네상스 극작가로 평가받게 된 것은, 그가 단독으로 쓴 〈백색의 악마〉(1612)와 〈아말피의 여공〉(1623), 두 편의 비극 때문이다. 두 비극은 당시 영국의 무대를 풍미하였던 '유혈비극'의 전형이면서 그 정점을 이룬 작품들로 평가받고 있다.

## 역자소개

이성일(李誠一)은 1943년 서울에서 출생하여 1967년 연세대학교를 졸업하고, 그 후 4년간 공군사관학교의 영어교관으로 근무하였다. 전역 후 도미하여, University of California at Davis에서 영문학 석사(1973), Texas Tech University에서 영문학 박사(1980)를 취득하였다. 1981년3월에 연세대학교 교수로 임용되어 2009년 2월까지 봉직하였고, 현재 이 대학교 명예교수로 있다. 연세대학교에 재직하는 동안, 1987년 1월부터 University of Toronto에서, 그리고 1994년 9월부터 University of Washington에서 각기 1년간 방문교수로서 한국문학을 강의하였고, 2002년 8월부터 1년간 Troy University에 Fulbright Scholar-in-Residence로 체류하며 영문학을 강의하였다.

*The Wind and the Waves: Four Modern Korean Poets*(1989), *The Moonlit Pond: Korean Classical Poems in Chinese*(1998), *The Brush and the Sword: Kasa, Korean Classical Poems in Prose*(2009), *Blue Stallion: Poems of Yu Chi-whan*(2011) 등 4권의 한국시 영역선집을 미국에서 출간하였고, 〈리처드 2세〉(2011), 〈줄리어스 씨저〉(2011), 〈리처드 3세〉(2012) 등 3편의 셰익스피어 극문학 작품들을 번역 출간하였으며, 이에 앞서 고대영시 현대영어 번역본 *Beowulf and Four Related Old English Poems*(2010)를 미국에서 펴내었다. 1990년 한국문화예술진흥원 주관 '대한민국문학상' 번역부문 본상을 받았고, 1999년 한국문화예술진흥원 주관 '제4회 한국문학번역상'을 받았다.